D1653303

Markus Ruf · Auszeit

Markus Ruf

AUSZEIT

ROMAN

BUCHER

Markus Ruf ist im August 2020, kurz nach dem Beenden seines Buches, verstorben. Seine Tochter Corinne Ruf hat das Buch postum zur Veröffentlichung gebracht.

1. Auflage 2021
BUCHER Verlag
Hohenems – Vaduz – München – Zürich
www.bucherverlag.com

Gestaltung: Gorana Guiboud-Ribaud
Produktion: BUCHER Druck, Hohenems
Bindung: Papyrus, Wien

ISBN 978-3-99018-582-7

Printed in Austria

Liebe Erica,
oft waren mir Buchstaben und Sätze wichtiger
als gemeinsame Minuten und Stunden.
Ich danke dir für dein liebevolles Verständnis.

0

IQ4

Diesen Donnerstagabend hatten sich die vier vom Intelligenz-Quartett IQ4 anders vorgestellt. Es wurde nicht der Abend der philosophischen Höhenflüge. Im Gegenteil, das Leben spielte verrückt, als sich Frank, Pirmin, Marco und Dominik zu ihrem monatlichen Abendessen trafen.

Keiner konnte sich mehr so richtig erinnern, wieso sich ihr Freundeskreis »IQ4« nannte. Vielleicht, weil die vier vor Jahren das Ziel hatten, mit aufsehenerregenden Start-ups die Business-Welt aufzumischen. Sie wollten provokative Ideen kreieren, diese laut und schrill vermarkten, große Unternehmen dirigieren, Geld baggern und mit Statussymbolen imponieren. Das war ihre geplante Flughöhe.

Marco hatte damals zu seinem 28. Geburtstag in die Goldene Krone eingeladen. Und der wurde zur Geburtsstunde von IQ4. Es war ein rauschendes Fest und Marco zelebrierte seine Person inmitten seiner Freunde und Bekannten mit gewohntem Charme. Marco hier, Marco dort,

Küsschen hier, Küsschen da, Gratulation zum Geburtstag, zum Studienabschluss und anerkennende Worte für sein geschmackvolles Outfit. Für Marco hätte das ewig dauern können. Doch gegen Mitternacht hatten sich die Tische bis auf jenen von IQ4 geleert und die letzte Flasche Sassicaia wurde kredenzt.

»Zu ... zu ... zum Wohl auf ... ja, auf was?« Marcos Aussprache war schon ziemlich lallend, als er sein Glas erhob und fragend in die Runde schaute.

»Zum Wohl, auf ... uns vier! Wehe, wenn wir losgelassen!«, setzte Pirmin in grölendem Ton fort. Er wollte sich bereits den ersten Schluck genehmigen, als Dominik mit dem Messer heftig ans Glas schlug. Sein Stuhl kratzte fürchterlich auf dem Parkett, als er ächzend aufstand, sich auf dem Tisch abstützte und mit dem Glas in der Hand zu einer Rede ansetzte. Auch seine Aussprache war nicht mehr ganz klar, aber das war im Moment Nebensache.

»Verehrte Studienkollegen, sehr geehrte Senkrechtstarter, geschätzte Weltveränderer, liebe Freunde. Genug geschwafelt, jetzt sind wir an der Reihe! Unsere Studienzeit ist vorbei. Ende! Kein Professor Schmitz und kein Sonderegger werden uns länger bremsen und uns ihre Weisheiten einlöffeln. Kein Hablützel als selbsternannter Papst für Marketingsystematik wird uns wie Fallobst in seine kleinkarierten Denkschemen pressen. Nein! Wir sind frei! Die Welt wartet auf uns, damit sie sich endlich weiterentwickeln kann« – zustimmendes Gejohle – »Marcos Intelligenz, Franks Kreativität, der Zahlenzauberer Pirmin und der grenzenlose

Weitblick meiner Wenigkeit ergeben eine hochexplosive Mischung. Wir werden die Märkte umpflügen!«

Und mit hocherhobenem Glas setzte er zum Schlusspunkt an: »Die Zukunft ist eröffnet!«

Der Rest ging in überbordendem Applaus und Schulterklopfen unter. Von da an traf sich IQ4 jeden Monat in der Goldenen Krone.

Inzwischen, gut 30 Jahre später, hat jeder für sich Karriere gemacht und sich als Einzelkämpfer durchgesetzt. Marco wirkt als führender Kopf in einem erfolgreichen IT-Unternehmen, Pirmin ist CFO einer Großbank, Dominik referiert an der Universität und erbte den Lehrstuhl seines verschmähten Professors und Frank kreiert mit seiner Werbeagentur Ideen und Konzepte für renommierte Unternehmen.

Ihre ehrgeizigen Pläne wurden im Laufe der Zeit zur Makulatur. Doch ihre unterschiedlichen Entwicklungen hat IQ4 nicht auseinandergebracht. Im Gegenteil, die Treffen wurden immer mehr zur Weichenstellung in ihren Lebensläufen. Ob berufliche Richtungswechsel, Karriereaussichten, Lohnforderungen, Führungsprobleme, Börsengang oder Anlagestrategien – alles wurde auseinanderdividiert, abgewogen, diskutiert und vieles davon auch umgesetzt. So waren sie eben. Unbeschwert und besessen vom Erfolg. Doch die Zeiten änderten sich, und persönliche Themen nahmen überhand. Sinn- und Ehekrisen, Lebensziele, Spätfünfzigerfantasien, Aussteigerträume oder später Hormonfrühling standen jetzt im Mittelpunkt. Erfolge wurden gefeiert, Misserfolge mitgetragen. Das gemeinsame Durchstehen von Hochs und Tiefs wollte keiner mehr missen.

Und so trafen sie sich auch an jenem nebligen Oktoberabend. IQ4 hatte es sich bereits am runden Tisch in der Goldenen Krone gemütlich gemacht. Nur Pirmin ließ auf sich warten. Die ersten Minuten lagen innerhalb ihrer Toleranz. Das war so abgemacht. Doch als er eine halbe Stunde später noch immer auf sich warten ließ, wurden sie stutzig. Keine SMS, kein Anruf, das war ungewöhnlich. Seine korrekte und gewissenhafte Art ließ bei ihm Unpünktlichkeit nicht zu. Zu sehr haben ihn die strikten Regeln seiner Großbank geprägt.

Sie hatten bereits ihr traditionelles Bio-Angus-Steak bestellt, als Pirmin das Stammlokal betrat. Offenbar hatte ihn der hektische Alltag und der immense Erwartungsdruck der Bank einmal mehr überrollt, so glaubten sie. Äußerlich war ihm nichts anzumerken, er erschien wie immer mit dem für ihn typischen souveränen Auftritt. Doch dann ließ er sich mit einem tiefen und schweren Seufzer auf seinen Platz fallen.

Was war los? Pirmin konnte seine Anspannung nicht überspielen. Sein hypernervöses Räuspern war verräterisch. IQ4 hatte in den vielen Jahren feine Antennen entwickelt.

»Ist dir Antonia jetzt definitiv davongelaufen?«, wollte Marco die Spannung lösen. Alle lachten, außer Pirmin. Es war noch keine zwei Jahre her, da wollte sich Pirmin nach zermürbenden Jahren mit ewigem Kleinkrieg von seiner Frau Antonia trennen. Doch die Trennung wurde aufgeschoben.

IQ4 stellte sich bereits darauf ein, abendfüllend zu diskutieren, wie sich ein aus dem Ruder gelaufenes Eheleben wieder einrenken ließe. Aber Pirmin saß kreidebleich und geistesabwesend am Tisch, trank hastig zwei Schlucke von seinem gewohnten Malbec und begann zu stammeln: »Ich kann es nicht fassen ... ich glaub es nicht ... einfach Schluss ...«

Stille. Alle Blicke richteten sich auf ihn.

»Einfach Schluss ...«, wiederholte Pirmin und starrte auf seinen leeren Teller.

»Eben doch, ich habe es ja geahnt!«, bestätigte sich Marco.

»Nein, schlimmer, viel schlimmer, verdammt, ich glaube, das war's ...«, schob Pirmin mit brüchiger Stimme nach.

Hatte er Tränen in den Augen? Keiner konnte die Botschaft so richtig deuten. Um was ging es? Will er aus IQ4 austreten? Hat er gelogen, gemobbt, betrogen, gestohlen, sich unrechtmäßig bereichert? Hat er die Kündigung erhalten? Wurde er des Fremdgehens entlarvt? Ratlosigkeit beherrschte die Runde.

»Also, was ist los, Pirmin? Komm, schieß los!«, wollte Dominik Klarheit schaffen. Alle schauten auf Pirmin und waren ganz Ohr. Es gehörte zu ihren ungeschriebenen Gesetzen, demjenigen das Wort zu überlassen, mit dem das Leben am miesesten spielt.

»Lieber Himmel, es kann nicht sein ... es ist hoffnungslos, nein ... erst noch gesund und jetzt krank, todkrank ...«, bröckelten die Worte aus Pirmin heraus. Mit leerem Blick schwenkte er sein Weinglas.

»Heute Morgen habe ich es beim Arzt erfahren: Die Computertomografie von letzter Woche hat das denkbar schlimmste Ergebnis gebracht. Schon nach seinen ersten Worten, ›Ich möchte ehrlich sein mit Ihnen …‹, war mir alles klar.«

Pirmin suchte nach Worten, als hätte er das Sprechen verlernt. Seine Augen wurden wässrig.

»Meine Rückenschmerzen wurden als Tumor an der Leber diagnostiziert, so groß wie eine Aprikose. Die Metastasen streuen bereits. Unheilbar und kaum Chancen auf Heilung.«

Die anderen saßen da und starrten ihn ungläubig an.

Pirmin fuhr fort: »Der Arzt schaute mich nur mitleidig an und runzelte die Stirn auf meine Frage, ob ich an ein Testament denken sollte. Das war Antwort genug …«

Pirmins Welt geriet ins Wanken. Noch gestern rieb er sich an Zahlen, an Mitarbeitenden und in endlosen Sitzungen auf. Das sich abzeichnende Quartalsergebnis der Großbank war miserabel. Das ließ sich selbst mit Abgrenzungen, Rückstellungen oder abenteuerlicher Zahlenakrobatik nicht ändern. Er fühlte sich persönlich dafür verantwortlich, dass er dem Verwaltungsrat nicht die gewünscht erfolgreichen Zahlen präsentieren konnte. Statt wie gewohnt war er nicht das gefeierte Finanzgenie, sondern mit einem Mal der Überbringer einer schlechten Botschaft. Er war überzeugt, schlimmer konnte es nicht mehr kommen.

Doch der Tag danach übertraf alles. Innerhalb von fünf Minuten geriet seine Welt ins Wanken. Das Gespräch war kurz. Mit dem Mitgefühl eines Roboters erfuhr Pirmin, dass er bald sterben würde. Wie eine Schlaufe drehte sich die Botschaft im Hirn: »Ich möchte ehrlich sein mit Ihnen: Die Prognose ist nicht gut ...«, und nach einer Pause setzte er fort: »Um den Tod kommt keiner herum, doch bei Ihnen steht er aller Wahrscheinlichkeit in eher kurzer Zeit bevor.«

Sie vereinbarten noch einen Termin für mögliche Behandlungen. Sie wollten alles versuchen: Operation, Bestrahlung, Chemotherapie. Mal schauen, ob es hilft. Und dann stand Pirmin auf der Straße. In diesem Jahr wird er zu den rund 16.000 prognostizierten Krebstoten in der Schweiz gehören.

Das war zu viel für IQ4. Auch wenn sie sich gegenseitig immer wieder die Höhen und Tiefen des Lebens ausgleichen mussten, das hier war neu, brutal neu. Dass das Schicksal auch bei einem von ihnen zuschlagen könnte, darüber hatten sie immer wieder diskutiert. Stundenlange Gespräche hatten sie geführt, ausufernd in Lebenssinn- und Lebenszielfragen. Doch wenn die Situation plötzlich eintritt, scheinen alle Ideen unbrauchbar und nutzlos. Weltreise, Buch schreiben, in die Natur gehen, Bäume pflanzen – einfach lächerlich.

Dominik hockte wie versteinert auf seinem Stuhl. Ausgerechnet Pirmin! Warum ausgerechnet er? Pirmins Leben war ein ständiges Auf und Ab. Beruflich war er der Überflieger, aber privat durchlebte er stürmische Zeiten. Im Studium an der Hochschule war Pirmin der Star. Mit Leichtigkeit kapierte er die kompliziertesten Theorien. Um seine Auffassungsgabe und seine Intelligenz wurde er stets beneidet. Nicht umsonst war er besser bekannt unter seinem Spitznamen »Professore«. Pirmin wusste alles, Pirmin überzeugte, Pirmin präsentierte, Pirmin, Pirmin. Er war allen immer einen Schritt voraus. Nicht selten reduzierte sich eine Vorlesung auf einen Wissensaustausch zwischen dem referierenden Professor und ihm. Dass er seinen Master als Bester abschloss, war nur die logische Folge. Auch in der Großbank war Pirmin ein Senkrechtstarter. Die Karriereleiter vom internen Revisor zum Chief Financial Officer absolvierte er in Rekordzeit, in einer von Hierarchien versteinerten Großbank.

Wie so oft war Dominik neidisch auf ihn. Aber nicht auf sein Privatleben, das war eine Dauerbaustelle. Schon seine Hochzeit stand unter einem unglücklichen Stern: Sein erster Sohn war bereits unterwegs. Aber das ist doch kein Grund, mag sich mancher denken. Nicht so für Pirmins Familie. Sie akzeptierte die Reihenfolge des Lebens nur im traditionellen Muster, also Verlobung, Hochzeit und dann Kinder. Vor allem sein strenger, autoritärer Vater ließ da nicht mit sich diskutieren. Von ihm wurde Pirmin gedrillt und gepusht. Er konnte sich kaum an väterliche Liebe, Verständnis, Zuneigung oder Unterstützung erinnern, außer an die jahrelangen, finanziellen Unterhaltszahlungen während des Studiums.

Erst später wurde Pirmin klar, dass sein Vater seine Unterstützung weniger aus Stolz als mit kalter Berechnung geleistet hatte. Status, Erfolg und Geld waren für ihn alles, was zählte. Und ein Sohn als Student an einer Fachhochschule konnte dem Familienansehen nur dienlich sein. Eine Abwertung seines persönlichen oder des Ansehens seiner Familie hätte er nie zugelassen. Für ihn war es schon eine Ernüchterung, dass sich sein hochintelligenter Sohn nach dem erfolgreichen Studium für eine bescheidene Stelle als interner Revisor in einer Großbank entschied. Das trieb den Keil zwischen ihnen noch tiefer. Pirmin bereute damals, keine pubertären Gene aktivieren zu können.

Sein Geschick im Berufsleben fehle ihm im Privaten, beklagte sich Pirmin oft, denn schon wenige Jahre nach seiner Hochzeit zweifelte Pirmin an seiner Wahl: Antonia verliebte sich Hals über Kopf in einen früheren Schulfreund. Jahre der Kälte folgten. In frustrierender und tränenreicher Paartherapie konnten sie ihr Eheleben wieder einigermaßen auf Schiene bringen, bis Pirmin bei einem Visions- und Strategiemeeting in St. Moritz einer neuer Liebe über den Weg lief. Er fühlte sich wie verwandelt und genoss es sichtlich, seine männlichen Seiten ausleben zu können. Aber Antonia stellte ihm ein Ultimatum. Und eine Trennung von seiner Familie ließ Pirmins Wertehaltung nicht zu. Einmal mehr wurde ihm bewusst, was er von seinem Vater geerbt hatte: sein verdammter Drang nach perfektem Dastehen in der Öffentlichkeit. Und wieder haben sich Pirmin und Antonia gefunden. Aber ihre Ehe blieb ein ständiger Kampfplatz. Und nun das, Krankheit im Endstadium.

Mit dieser krassen und tragischen Situation konnte IQ4 nicht umgehen, weder Dominik noch Marco. Auch Frank fühlte sich wie vom Blitz getroffen und war sprachlos. Einer von ihnen lebensbedrohlich krank? Diese Information musste erst einmal im Hirn verarbeitet werden. Keiner wusste etwas Passendes zu sagen.

Die Kellnerin spürte die dramatische Atmosphäre und verschob ihre Absicht, die Gläser nachzufüllen. Sie realisierte sofort, dass es der falsche Moment war. Es dauerte Minuten, bis sich am Tisch wieder Lebenszeichen regten.

Es war Pirmin, der zuerst etwas sagte. Er musste seine Gedanken einfach loswerden.

»Das Verrückte ist, da wird dir dein frisch entdeckter Tumor verkündet, als wäre es das Normalste im Leben. Mit der Begründung, der Tod gehöre nun mal zum Leben. Klar, aber die Lebenserwartung für Männer liegt bei 81 Jahren. Also 23 Jahre später! 23 Jahre! In den 23 Jahren kannst du deine Visionen leben, genießen und dich langsam an die Endlichkeit gewöhnen! Und ich, mit vielleicht sechs Monaten Restlebenszeit? Regeln Sie Ihre Sachen, bringen Sie Ihr Leben in Ordnung und nutzen Sie die verbleibende Zeit! So läuft das! In einer Woche hockt mein Nachfolger in meinem Büro und wird über meine Arbeit stänkern. Alle möglichen Unstimmigkeiten werden mir untergeschoben. In den Kommissionen werden sie mich als Unsicherheitsfaktor ersetzen. Mein Umfeld wird mich meiden, als wäre ich ansteckend. Hinter vorgehaltener Hand werden sie tuscheln: ›Der hat halt alles in sich reingefressen‹. Im Golfclub werden sie fragen, ob 18 Loch nicht zu anstrengend seien? Und auf was wollen sie mit mir anstoßen? Auf ein fröhliches Sterben? Hinter meinem Rücken werden die ersten Berechnungen für die Erbschaft gemacht. Und in zwei, drei Monaten werde ich behutsam darauf angesprochen, ob meine Asche lieber ins Meer oder in ein Golfloch geschüttet werden soll. Und ich soll jetzt sechs Monate genießen, als wäre ich in den Ferien? Soll ich mit dem bevorstehenden Tod zusammensitzen, Kaffee trinken und die Beerdigung planen? Heuchler und Neider werden sich in der Kirche treffen, mit versteinerter Miene dasitzen und am Schluss laut und deutlich Amen sagen.«

Pirmin hatte sich in Rage geredet. Mit wütendem Blick schwenkte er noch schneller sein Weinglas und goss den edlen Tropfen in einem Zug in seine Kehle.

»Kaum Chancen auf Heilung ... versteht ihr? Kaum Chancen auf Heilung!«, wiederholte er und zog sein ernüchtertes Resümee: »Und das Allerschlimmste ist: Mein Leben ist noch nicht gelebt, ich habe es verpasst ... verpasst!«

Dominik war der erste, der sich wieder fasste und IQ4 in die Realität zurückholte.

»Bist du sicher, dass nichts schiefgelaufen ist? Zum Beispiel, dass die Röntgenbilder verwechselt wurden?«

Pirmin zuckte nur mit den Schultern. Wie könnte er sich im Moment des Schocks solche Gedanken machen? Er konnte sich nicht einmal erinnern, wo seine Gedanken überhaupt waren. Seine Realität war wie ausgeblendet. Und er glaubte nicht, dass sich das jemals wieder ändern würde.

1

FRANK

Wie jeden Abend stand Frank auch an diesem nackt vor dem Spiegel, putzte sich die Zähne und cremte sein Gesicht ein.

»Und ich? Habe ich mein Leben auch verpasst?«, fragte er sich und schaute in den Spiegel. Was er sah, stimmte ihn nicht fröhlicher. »Grässlich, wie fett ich geworden bin«, dachte er. Nur noch wenig erinnerte an den schlanken, durchtrainierten Marathonläufer, der einst leichtfüßig die 42,195 Kilometer absolvierte.

»Wow, Frank, da warst du noch ein Vorzeigemodell!« Seine sportliche Lebensphase projizierte sich in sein Bewusstsein: das tägliche Lauftraining entlang dem nahegelegenen Fluss, durch Wiesen und Wälder bis hinauf zum Tenniscenter und wieder zurück. Jeden Tag, bei brütendem Sonnenschein oder prasselndem Regen. Jeden Tag die gleiche Route. Sie war ihm so vertraut und doch war sie jedes Mal anders. Frühling, Sommer, Herbst und Winter – tagein, tagaus joggte er an denselben Bäumen vorbei, die geduldig und stolz seine Route säumten. Einmal in frischem, jungem Grün, dann majestätisch dunkelgrün, im Herbst golden leuchtend und im Winter als karge Gerippe.

Manchmal hielt er an, um einen seiner Lieblingsbäume zu umarmen und seine wohltuende Ruhe aufzunehmen. Dann fühlte er sich stark, unwiderstehlich, ja euphorisch.

Frank liebte die Bewegung. Kein Training durfte er auslassen, sonst meldete sich ein nervöses Kribbeln, das bald in Missmut kippte. Er war von seinem Ehrgeiz getrieben. Lauf, Frank, lauf! Nur so gehörst du zu den Besten! Seine Sucht nach Erfolg und Anerkennung war unerschöpflich und sein innerer Motor.

Und heute? Aus dem Spiegel blickte ihm ein bleiches, ausgelaugtes Gesicht entgegen. »Das bin ich?« Frank schauderte. Seine weißen Haare zeugten eher von Abnützung als von Weisheit. Die ersten Sorgenfalten lösten seine früheren Lachfalten ab. Aus den Ohrenhöhlen wucherten einige wilde Haare und im Neonlicht wurden die ersten Altersflecken sichtbar.

»Was ist nur aus dir geworden?«, führte Frank sein Selbstgespräch weiter. »Kennst du dich noch? Wo ist dein Charme? Wo deine Ausstrahlung, deine Lebensfreude? Wo deine Motivation? Du machst den Eindruck eines Pferdes im Ruhestand. Wohin treibst du eigentlich?«

Seine Tage kannten den immer gleichen Ablauf, vor allem seit den letzten fünf, sechs Jahren. Morgens kämpfte er sich aus dem Bett, um sieben Uhr drehte er als erster den Schlüssel in der Firma und dann ging es los. Der immer stärker werdende Druck forderte, überforderte ihn. Er brauchte immer mehr Energie, sich und seine Mitarbeitenden durch den hektischen Business-Alltag zu treiben. Zehn, manchmal sogar zwölf Stunden lang. Seine Kommunikationsagentur hatte vor Jahren im Steilflug ungeahnte Höhen erreicht, aber heute ist er vor allem damit beschäftigt, sich gegen die aufstrebende Konkurrenz zu wehren. Frische, unbeschwerte, freche Ideen waren gefragt. Seine Agentur hatte seine besten Zeiten hinter sich.

Und heute Abend die Hiobsbotschaft von Pirmin.

Das hat Frank tief getroffen. In vielem ist er ihm ähnlich. Nur zu gut kannte er Pirmins Leben. Es drehte sich vor allem um Arbeit, Geld, Status, Ansehen, Anerkennung. Nichts war ihm wichtiger, als mit größter Anstrengung und in härtestem Abnützungskampf seine CFO-Position in der Großbank zu verteidigen. Seiner Familie war er durch all die Jahre fremd geworden. Unzählige Male hatte er sich vorgenommen, kürzer zu treten, mehr Zeit mit seiner Familie zu verbringen und mehr auf eine gesunde Work-Life-Balance zu achten. Und jetzt? Der Pilotenschein wird sein Traum bleiben, ebenso der versprochene Familientrip zu den Polarlichtern. Und die wegen einer Geschäftsreise verpasste Hochzeit seiner Tochter ließ sich auch nicht wiederholen.

Wieder blickte Frank in den Spiegel. Noch immer starrte das gealterte Modell Frank entgegen. Angestrengt zog er seinen Bauch ein. Aha, das wirkte schon besser. »Aber ich kann doch nicht dauernd den Bauch einziehen.« Mit einiger Überwindung stieg er seit Langem mal wieder auf die Waage. »Sch…«, dachte Frank und kroch ins Bett.

Seine Frau Silvie erwachte, weil sich Frank unruhig im Bett hin- und herwälzte. An sein Schnarchen hatte sie sich gewöhnt, aber diese Unruhe war ihr neu.

»Was ist? Kannst du nicht schlafen?«, flüsterte sie und drehte sich auf seine Seite.

Stille. Frank stellte sich schlafend, schaute aber an die Decke.

»Du bist doch wach, was ist?«, fragte Silvie nach.

Frank wollte jetzt nicht antworten.

Heute Abend hatte sich eine weitere Baustelle in seinem Leben eröffnet. Neben dem zermürbenden Geschäft, seiner wachsenden Midlife-Crisis und dem eingeschlafenen Eheleben jetzt noch die brutale Botschaft seines engsten Freundes.

Aber noch aufwühlender war die langsam dämmernde Erkenntnis, dass Pirmins langjähriger Raubbau an Körper und Seele auch auf ihn zutraf.

»Was ist?«, hakte Silvie nach, während ihre Hand unter der Bettdecke die seine suchte.

»Pirmin ist krank …«, sagte er matt. »Todkrank!«

Stille. Die sich im Schein der Straßenlampe bewegenden Schatten der Birkenäste an der Decke verstärkten die unheilvolle Botschaft.

»Wie bitte?«, Silvie war plötzlich hellwach. Sie erinnerte sich gerne an die geselligen Abende, als Pirmin als aufmerksamer Gentlemen und smarter Unterhalter ihre Sympathie gewann.

Mit monotoner Stimme erzählte Frank vom IQ4-Treffen. Wie Pirmin kreidebleich den Befund erklärte und dass ihm die Ärzte keine Chance mehr gäben. Aus. Ende. Fertig.

»Oh nein! Jesses Gott, seit wann weiß er das?«

»Heute morgen hat ihm der Onkologe den Befund mitgeteilt.«

Stille. Nachdenken.

»Heute morgen? Weiß es schon seine Familie?«

»Ich denke schon«, meinte Frank, war sich aber nicht so sicher.

»Und trotzdem ist er zu eurem Treffen erschienen. Seine Familie bräuchte ihn nötiger ...« Ein leiser Vorwurf war aus Silvies Stimme zu hören.

Frank konnte ihre Bemerkung einordnen. In all den Jahren hatte sie IQ4 als getarnte Trinkrunde abgetan. Sie konnte nie nachvollziehen, was IQ4 wirklich vereinte. Mehr als Business-, Sport- und Frauenthemen traute sie der Runde nicht zu. Sie verkannte die verschworene Freundschaft, die Vertrauensbasis, das gemeinsame Freuen und Leiden und das ständige Durchleuchten von Herz, Geist und Verstand. »Für uns schon fast eine Art von Seelenverwandtschaft«, dachte sich Frank.

Auch Frank fand keine Antwort, was Pirmin nach seinem Schockbefund zu IQ4 in die Goldene Krone getrieben hatte. War es pure Verzweiflung? Vielleicht konnte er zu Hause einfach seine Frau Antonia nicht mehr ertragen. Vielleicht war ihm ihre theatralische Verzweiflung suspekt, nach dem jahrelangen lieblosen Kleinkrieg. Oder er wollte einfach der

Situation ausweichen, ohne sie noch trösten und ihr Mut zureden zu müssen.

Noch immer bewegten sich die Schatten der Birkenäste an der Schlafzimmerdecke. Sie werden auch noch in 20, 30 Jahren ihre Schatten werfen. Aber dann ist vielleicht das Bett leer, für immer. Bei dieser Vorstellung schauderte es Frank. Noch nie im Leben wurde ihm so klar bewusst, wie er seine Tage verschleuderte, seine Zeit vergeudete und seine Energie und Gefühle von anderen bestimmen ließ.

Plötzlich sagte Frank in die Dunkelheit hinein: »Ich muss etwas ändern in meinem Leben, so kann das nicht mehr weitergehen.«

Silvie kannte diesen Satz. »Jetzt beruhige dich doch erstmal.«

Sie ahnte, was Frank beschäftigte. »Pirmin ist Pirmin, und du bist du. Das sind zwei ganz verschiedene Geschichten.«

Stille.

»Ja schon, aber Pirmin bereut heute bitter, was er im Leben unterlassen hat.«

»Späte Einsicht ... Und du, Frank?« Silvie seufzte. »Bereust du deine Vergangenheit auch?« Die Frage hatte einen unangenehmen Unterton.

Frank wusste genau, dass eine falsche Antwort endlose Diskussionen auslösen würde. Und danach war ihm nun wahrlich nicht zumute. Also schwieg er.

»Aber Pirmin hatte doch ein schönes Leben!«

»Was weißt du schon von Pirmin«, dachte Frank. Hinter seiner Fassade sieht es anders aus. Nur konnte Silvie das nicht wissen.

»Oder etwa nicht?« Silvie ließ nicht locker.

Was sollte Frank sagen? Irgendwie konnte er Silvies Sichtweise verstehen. Was wusste sie schon über Pirmins Innenleben? Über seinen ständigen Aufreibungskampf als CFO, über seine Angst um Statusverlust und Ansehen, über seine zwiespältigen Geldanlagen, über sein verpasstes Familienleben, über seine belastende Beziehung zu Antonia, über die anerzogenen Verhaltensmuster, über Florence, über seine Träume, Wünsche und, und, und.

»Ich habe mein Leben verpasst.« Das war Pirmins Kernsatz, der sich bei Frank einbrannte. Und der ihn nicht schlafen ließ.

Plötzlich sagte Frank in die Stille: »Ich will mein Leben nicht auch verpassen.«

Silvie kannte Franks Ansprüche an sich. Zu hoch, um diese jemals erfüllen zu können. Perfektion, Pünktlichkeit, Genauigkeit, Zuverlässigkeit – sein ewiges Dilemma.

Als sie sich vor 30 Jahren kennenlernten, waren genau diese Eigenschaften das Faszinierende an Frank. Endlich ein Mann, dem nicht alles gleichgültig war und der mit beiden Füßen auf dem Boden stand. Der wusste, was er wollte. Einer, der die Details durchdachte. Und alles verpackt in einer positiven Ausstrahlung und sportlichen Erscheinung. Das schuf Vertrauen und darauf basierte ihre Liebe. Aber inzwischen nervten sie seine Eigenschaften eher. Statt diese mit zunehmendem Alter mit Erfahrung und Weitblick zu nutzen, wurde er Gefangener von ihnen. Alle Gespräche endeten mit guten Vorsätzen, aber mehr wurde daraus nicht. Sie hatte sich damit arrangiert.

Darum wusste sie im Moment nichts Besseres, als ihn mit ihrer gewohnten Standardantwort zu beschwichtigen: »Jetzt sei doch nicht so hart zu dir und so anspruchsvoll! Überleg doch mal, was du alles erreicht hast! Geschäft, Familie, Haus, Geld, Freunde, Anerkennung und Sympathien. Was willst du mehr?«

Doch Frank wollte mehr.

2

FRANK

Drei Wochen später. Frank flog nach Berlin, ganz allein. Endlich hatte er sich dazu durchringen können, sich als selbstständiger Unternehmer einmal eine Auszeit zu gönnen. Zwar nur für wenige Tage, aber immerhin. Ausklinken, abschalten, Kraft tanken, Ideen sammeln, Gelassenheit üben, das Leben überdenken, seine Wünsche wahrnehmen, sein Ich justieren, den Berufsausstieg planen. Das hatte er sich auf einer Checkliste fein säuberlich vorgegeben. Er wollte diese kostbare Zeit nutzen.

Im Abflugterminal dämmerte es Frank, auf was er sich eingelassen hatte. Eigentlich hasste er Fliegen. Die Verantwortung für seine Sicherheit an den Piloten zu delegieren, verursachte ihm ein mulmiges Gefühl. Er kannte diese zwei Typen im Cockpit ja gar nicht. Meistens konnte er sich erfolgreich vor Flugreisen drücken und seine Familie stattdessen von langen Autofahrten überzeugen. Aber diesmal führte kein Weg daran vorbei.

Schon das ganze Check-in-Verfahren stresste ihn mehr als erwartet. Bei ihren wenigen Städtereisen hat Silvie alles Organisatorische übernommen. Aber jetzt war er auf sich angewiesen.

Einchecken per iPhone? Hmm, er wusste ja nicht ... Was, wenn die Batterie leer war, er das iPhone nicht finden konnte oder den Aktivierungscode vergaß? Also ließ er sich, wie von der dauerlächelnden Hostess empfohlen, die Bordkarte an einer Self-Service-Terminal-Station ausdrucken. »Da hat man was in der Hand«, dachte er sich. Ein sichtbares Flugticket verleiht ein sicheres Gefühl.

»Laptop, Tablet und Mobiltelefon in eine separate Kiste legen!«, forderte die Dame am Förderband der Sicherheitskontrolle und schaute ihm belustigt zu, wie er seinen Laptop von ganz unten aus der Tasche graben musste. So erhielt sie bei seiner unfreiwilligen Auslegeordnung einen Einblick in seine Literatur, die er während seiner Auszeit durcharbeiten wollte. Zuoberst das Buch, das in den kommenden sieben Tagen sein Leben verändern sollte: *Mit Gelassenheit zu deinen Zielen.* Geschickt konnte er gerade noch weiteres Unheil abwenden und mit seinem Schal den persönlichen Ratgeber *Der Weg zu dir selbst* abdecken. Die Dame vom Sicherheitsdienst schien einiges gewohnt zu sein. Sie lächelte nur und blinzelte ihm zu: »Na dann, viel Glück!« und ließ die blauen Plastikkisten in die Blackbox rollen.

Frank ließ keine Ungeschicklichkeit aus! Der Beamte am Bildschirm erspähte einen Nagelknipser in seinem Handgepäck. »Aha!«, meinte er mit vorwurfsvollem Blick, wühlte diesen hervor und warf ihn salopp zu den hundert anderen in eine Kiste. Aber Frank fühlte sich wie ein Depp. Ertappt und als Anfänger entlarvt. Das wäre Silvie nie passiert. Diese Erkenntnis ärgerte ihn fast noch mehr.

Frank hatte nur noch eines im Sinn: diesen unheilvollen Ort so schnell wie möglich zu verlassen. »Jetzt habe ich mir in Ruhe einen feinen Espresso verdient«, freute er sich. Aber für Ruhe war das Flughafencafé nicht der richtige Ort. Bereits nach wenigen Minuten störte ihn das penetrante Geschwätz des Nebentisches. Vier Männer, die das Pensionsalter erreicht hatten, trafen sich offensichtlich zu ihrem jährlichen Männerwochenende mit Städtetrip. Ein Blick genügte Frank, um sie der Kategorie »einfach und gewöhnlich« zuzuordnen. Frank war sichtlich genervt. Die einfältigen Sprüche über Bäuche, Runzeln, Geld, Frauen, Freundinnen und Automarken wollte er wirklich nicht hören, ebenso wenig ihre Erwartungen an das Nachtleben in Amsterdam.

Also stürzte er hastig seinen Espresso hinunter, legte das Geld auf den Tisch und machte sich auf den Weg zum Gate. Die vielen Läden mit den teuren Design-Angeboten konnten ihn nicht locken. Selbst an einem neuen Rucksack hatte er kein Interesse. Er marschierte schnurstracks in Richtung Gate und traf dort so früh ein, dass sein Flug LX966 noch nicht einmal angezeigt wurde. War er falsch? Ein Griff in die linke Jackett-Tasche bestätigte es ihm: Ja, die Boardingkarte ist noch da, und das Gate stimmte auch. Alles gut, also warten.

Schon bald klingelte sein iPhone. Eine unbekannte Nummer. Sollte er den Anruf annehmen oder nicht? Eigentlich war er abwesend. Aber die unbekannte Nummer ließ ihn rätseln. Vielleicht war es ja ein neuer Kunde? Schließlich wischte er nach rechts auf »Annehmen«. Es war der Treuhänder, der nach den AHV-Nummern der Mitarbeitenden fragte. Von Franks Auszeit konnte er nichts wissen.

»Kann ich Sie im Notfall erreichen?«, erkundigte er sich noch. Frank ärgerte sich über sich selbst, dass er nicht einfach klar und deutlich ein »Nein« über die Lippen brachte, sondern irgendetwas Ausweichendes in sein Mobiltelefon nuschelte. Gab es keine Notfälle, die eine Woche warten konnten? Frank war einfach nicht fähig, irgendjemandem seinen Wunsch abzuschlagen. Meistens rettete er sich, indem er das Telefon auf lautlos stellte und es läuten ließ.

Frank hatte auf eine Sitzplatzreservierung verzichtet und keinen der begehrten Plätze am Fenster gebucht. Die immer kleiner werdenden Häuser und die vorbeirauschenden Wolken zu bestaunen, war nicht seine Sache. Kurz hoffte er, auf der Gangseite platziert zu werden, aber eigentlich wunderte es ihn nicht, dass ihm der unliebsame Platz in der Mitte eines Dreiersitzes zugeteilt wurde: Sitz 25E.

Links von ihm am Fenster erwartete ihn eine Dame von Welt, so um die 50, aber todmüde. Kaum hatte sie ihren Platz eingenommen, schlief sie bereits, oder tat zumindest so.

Zu seiner Rechten saß eine ältere Dame, die Frank noch stressen würde. Denn auf der Gangseite vis-à-vis saß ihr Mann. Vermutlich aber eher ihr Partner, Geliebter, Freund oder Nachbar. So genau konnte Frank das nicht zuordnen. An ihren Ringfingern konnte er es nicht ablesen. Sie waren blank, auch weiße, ungebräunte Streifen waren nicht auszumachen. Entweder waren beide Single oder trugen ihren Zivilstand nicht sichtbar. Auf jeden Fall unterhielten sie sich wie eine *Parship*-Bekanntschaft jüngeren Datums.

»Herbert, schau, wir fliegen!«

»Schau hier, Liebling, dort unten wohnst du!«

»Hörst du, der Kapitän sagt, in Berlin sei schönes Wetter!«

»Ich habe die warme Jacke trotzdem eingepackt.«

»Magst du lieber Kaffee oder Tee?»

»Aber nein, schau mal, Kate ist schwanger!« und streckte ihm quer über den Gang *Das goldene Blatt* entgegen.

»Hast du nicht ein Ricola? Meine sind im Koffer.«

»Wenn du das Schöggeli nicht magst, kannst du es ja einpacken …«

»Gäll, du hast das Hotel gebucht? Doppelzimmer, hihihi …«

Und so weiter und so fort.

Dass Verliebtsein im Alter im Trend und das Mitteilungsbedürfnis entsprechend intensiv ist, das fand Frank ja noch sympathisch. Aber dass der ältere Herr schwerhörig war, machte das Ganze fast unerträglich. Nicht nur, dass er unzählige Male »Hä, was hast du gesagt?« fragte, sondern auch, dass er diese Fragen in übermäßiger Lautstärke durch die Kabine posaunte.

Frank steckte sich seine Kopfhörer an, versuchte sich zu entspannen und mit der Situation zu arrangieren. »Nur gut«, dachte er sich, »dass wir nach Berlin und nicht nach New York fliegen.«

Nach der vierten Wiederholung von Helene Fischers *Mitten im Paradies* stecke er seine Ohrstöpsel wieder in die Box zurück. Er wollte sich mit diesem Song so richtig für seine Auszeit in Stimmung bringen. Aber die gewünschte Stimmung wollte sich nicht einstellen. Etwas gelangweilt zog er die *Schweizer Illustrierte* aus der Tasche. Diese wurde ihm als regelmäßiger Inserent seit Jahren zugeschickt. »Ein bisschen geistige Entspannung zur Einstimmung kann nicht schaden«, rechtfertigte sich Frank, es musste ja nicht immer anspruchsvolle Literatur sein.

Aber was er auch las, es entspannte ihn nicht wirklich. Der Artikel »Wie glücklich sind Schweizer?« rechnete vor, dass 48 Prozent der Menschen Single seien. »Mmmh, fast die Hälfte der über 20-jährigen Menschen? Also auch hier im Flugzeug? Jeder zweite! Aber wo sind sie dann?«

Hinter dem Bordservice-Wägelchen staute sich eine Menschenschlange, alle mit dem Ziel Toilette. Die meisten warteten mit gelangweiltem, andere mit besorgtem Gesicht wegen ihres drängenden Bedürfnisses. Es gab kein Durchkommen im schmalen Gang. Vergnügt musterte Frank die Wartenden. »Auch von diesen müsste gemäß Statistik die Hälfte Single sein«, überlegte er. »Aber das ist mir ja eigentlich egal, ich bin es auf jeden Fall nicht«, wies er seine Gedanken zurecht.

Er wollte sich wieder seiner Lektüre zuwenden, als ihn das Lächeln einer hübschen Dame irritierte. »Ich? Galt das mir oder einem Passagier hinter mir?« Auch sie wartete geduldig in der Schlange hinter den bedienenden Flugbegleiterinnen. Das Warten gab ihr Zeit, die Sitzenden zu mustern. Mit ihren feinen, fast faltenfreien Gesichtszügen, den dunklen Augen, dem leicht fallenden Haar und dem schicken, ziegelroten Blazer wirkte sie jünger als sie vermutlich war.

Frank wagte nicht, ihr Alter zu schätzen, geschweige denn, sie der einen oder anderen Seite auf der Single-Liste zuzuordnen. Er wusste auch nicht, wie lange sie ihn fixiert hatte. Auf jeden Fall lange genug, um ihm ein spontanes, gewinnendes Lächeln zu entlocken.

Langsam kämpften sich die beiden Flugbegleiterinnen durch die Sitzreihen, jeden Gast geduldig nach seinem Wunsch fragend.

»Kaffee? Coke? Mineral? Sandwich?« – »Mit Zucker?«

»Kaffee? Coke? Mineral? Sandwich?« – »Mit oder ohne Kohlensäure?«

»Kaffee? Coke? Mineral? Sandwich?« – »Mit Fleisch oder Käse?«

Dieser nahende Bordservice verschaffte Frank einen nächsten Stressschub. Die Dame neben ihm schlief. Sollte er sie wecken? Würde sie sich dann empören? Sollte er sich einfach nicht regen? Oder sich sogar auch schlafend stellen?

Das Problem löste sich von selber. Wie von einem inneren Instinkt geweckt, war die Dame plötzlich hellwach und wünschte sich ein Mineralwasser ohne Kohlensäure und ein

Käse-Sandwich. Aber nur ein kleines, wie sie extra betonte. Sie schenkte Frank sogar ein verhaltenes Lächeln, weil er hilfsbereit ihr Mineralwasser und Sandwich über die Sitzreihe zum Fensterplatz balancierte.

»Hier spricht Ihr Kapitän. In wenigen Minuten werden wir in Berlin-Tegel landen. Das Wetter ist schön, die Temperatur um die 12 Grad Celsius. Wir danken für Ihren Flug mit Swiss und wünschen Ihnen einen schönen Aufenthalt.« Die Worte waren wegen dem scheppernden Lautsprecher und den brummenden Nebengeräuschen kaum zu verstehen. Frank fragte sich, ob der Kapitän wohl im Frachtraum saß.

»In wenigen Minuten sind wir in Berlin, Herbert! Das Wetter ist schön und die Temperatur um die 12 Grad.« Fast wortwörtlich wiederholte die nervige Sitznachbarin die Meldung für ihren Herbert. Der formte mit seiner Hand einen Trichter ums Ohr und nickte bestätigend.

Frank wusste, dass er nur noch eine Situation zu überstehen hatte. Er hasste es, wenn die Fluggäste nach der Landung klatschten. »Bitte nicht«, sonst würde ihm ein Schauder über den Rücken laufen. Natürlich fand er es auch erlösend, wenn eine Landung gut gelang. Aber das gehörte doch zum Job eines Piloten. In Zürich klatschte ja auch niemand, wenn die Straßenbahn ohne Zwischenfall an der Endstation angekommen war.

3

FRANK

Endlich Berlin. Frank stand vor dem Flughafen und atmete die kerosingeschwängerte Luft tief ein.

»Hallo Berlin, hier bin ich! Ich, Frank Egger.«

Er brauchte einige Minuten, um die Wirklichkeit wahrzunehmen. Plötzlich Zeit, keine Termine, keine Menschen, die ihn erwarten, keine Minuten, die einem gestohlen wurden.

Einen Moment lang überlegte er sich, seine Swatch ganz tief im Gepäck zu vergraben. Eine Woche ohne Zeit? Wohin würde ihn das führen? Doch so mutig war Frank nicht. Noch nicht. Für den Moment waren ihm seine vertrauten Gewohnheiten – und dazu gehörte ein präzises Zeitmanagement – noch ganz lieb. Zudem steckte er noch immer ein Stück in seinem Business-Alltag. Ob in der Agentur wohl alles richtig ablief? Er konnte sich noch nicht so richtig vorstellen, dass die Agentur auch ohne ihn funktionieren würde und seine Mitarbeitenden ihre Jobs selbstständig erfüllen konnten. Darum fühlte er sich noch nicht so unbelastet und befreit, wie er sich das gewünscht hatte. »Das wird schon kommen«, tröstete er sich.

Ein hippes Hotel in Berlin Mitte würde Franks Zuhause sein. Ausgesucht hatte es Silvie, wohl aus Sorge, dass er sich nur eine billige Absteige leisten würde. Oder vielleicht darauf spekulierend, dass er so nie ganz aus ihrem Radar verschwinden würde.

Die ersten Regentropfen fielen auf den Asphalt. Jetzt musste sich Frank entscheiden. Er schaute auf sein Gepäck und wägte dann seine Transportmöglichkeiten zum Hotel ab. Mit Bus und U-Bahn, um von der ersten Minute an Großstadt und Bevölkerung kennenzulernen? Oder eher schnell und bequem im abgeschlossenen Taxi und sich erst vorsichtig an die neue Umgebung herantastend?

Er entschied sich für den Bus. Doch schon der Ticketautomat war für ihn eine Herausforderung. »Bin ich wirklich so doof?«

Plötzlich hatte Frank Verständnis für jene Touristen in Zürich, die minutenlang die Ticketautomaten belagerten. Er konnte die vielen und wirren Angebote nicht einordnen und wollte die Hilfe eines Uniformierten beanspruchen, der gelangweilt neben dem Automaten stand. Doch diesem war nicht nach Hilfestellung zumute.

»Sie können das Ticket auch im Bus lösen«, waren seine einzigen Worte. Er schwenkte sein Kinn in Richtung eines wartenden Buses. Also ordnete sich Frank in die Warteschlange vor der offenen Bustür ein. Ruckweise, aber langsam ging es voran, bis er an die Reihe kam.

»Berlin Hauptbahnhof«, sagte Frank halb fragend, halb bestimmt.

Der schnauzbärtige Busfahrer schaute auf. Vielleicht erfreute ihn Franks breiter Zürcher Dialekt. Aber nein, er gab sich keine Mühe, seine Gleichgültigkeit zu verstecken.

»Wo woll'n se hin?«

Frank hatte keine Ahnung. Auf seinem Stadtplan schaffte er es nicht, im großen Wirrwarr die richtige Haltestelle zu finden. Er wiederholte einfach: »Berlin Hauptbahnhof.«

Der Busfahrer verdrehte seine Augen. Intelligente Brille, aber keine Ahnung von Fahrplanlesen, folgerte sein Hirn. Mit mitleidigem Blick antwortete er: »Zwo sächzig.«

»Hä?«, Frank verstand nur Bahnhof.

»Zwo sächzig!«, wiederholte er weder langsamer noch deutlicher. Frank streckte ihm einen nagelneuen Zehneuroschein hin. Der Fahrer schaute Frank an, als käme er von einem anderen Stern.

»Kleiner?«, war sein nächster Satz. Offenbar war es sich der Mann gewohnt, in Ein-Wort-Sätzen zu reden. Vielleicht war das sein Rezept, um sich in der Multikulti-Stadt Berlin mit den vielen fremdsprachigen Bewohnern zu verständigen.

»Leider nein«, war Franks Zwei-Wort-Antwort.

Betont langsam nahm er eine grüne Blechkassette unter der Abschrankung hervor und zählte die 7,40 Euro heraus.

»Macht drei Euro ..., drei Euro fünfzig ..., vier Euro ...« Mit jedem Geldstück wurde seine Stimme ein bisschen lauter. Frank war das Ganze ziemlich peinlich. Aber so erhielt er wenigstens sein erstes Kleingeld.

Im Fahrpreis schien ein Abenteuerzuschlag inbegriffen. Rasantes Beschleunigen, brüskes Bremsen, unzählige Kreisverkehre, linksherum, rechtsherum. Frank hatte größte Mühe, seinen Rollkoffer zu bändigen und auch seine Tasche versuchte dauernd, sich selbstständig zu machen.

Türen auf, Türen zu. Es war ein Kommen, Gehen, Aufstehen, Sitzen und Bleiben. Zwei Kinder warfen sich mit lautem Geschrei einen Ball durch den halben Bus zu. Eine Rentnerin, abgestützt auf einen uralten, rostigen Einkaufsroller, führte Selbstgespräche. Zwei mit weißen Tüchern verschleierte Frauen telefonierten in unverständlichen Sprachen und überlautem Ton mit weitentfernten Onkeln oder Tanten. Vis-à-vis fletzte ein Halbwüchsiger auf seinem Sitz. Aus seinem Mobiltelefon tönten unüberhörbar ratternde Gewehrsalven. Boah, keine Wunschperson für eine Begegnung im Dunkeln, dachte sich Frank.

Auf der Rückbank saß erschöpft ein englisches Touristenpaar mit sperrigem Gepäck und beklagte sich über die weite Distanz zur Stadtmitte. »Sick ... sick«, jammerte die Frau käsebleich. Davor stand eine junge Frau mit einem Kinderwagen und an der Hand ein quengelndes Kleinkind, das lautstark ein weiteres Gummibärchen forderte. Und direkt beim Eingang standen zwei gestylte Frauen mit vollen Shoppingtüten. Mit vorwurfsvollem Blick versuchten sie, die Sitzenden zum Aufstehen zu bewegen.

An der nächsten Haltestelle zwängte ein Student sein Fahrrad in den Bus und im letzten Moment schlüpfte noch ein junger Mann mit einer Gitarre hinein. Mit einem mies interpretierten Song von Ray Charles versuchte er, ein paar Euro zu erbetteln.

»Musizieren im Bus is' verboten! Aussteijen, aber sofort!«, tönte es scheppernd durch den Lautsprecher. Es war der erste zusammenhängende Satz, den Frank bei dieser Gelegenheit vom Busfahrer vernahm.

An der Bushaltestelle Turmstraße beschloss Frank auszusteigen und weitere Berliner Begegnungen auf später zu verschieben. Schweißgebadet zerrte er den Koffer, die Aktentasche und den Rucksack aus dem Bus und entschied, standesgemäß ein Taxi zu nehmen.

An dieser Kreuzung machte Frank zum ersten Mal Bekanntschaft mit dem berühmten Ampelmännchen, das in verzweifelter Aktion aus der alten DDR gerettet wurde und heute das heimliche Wahrzeichen von Berlin ist. Im unteren Ampellicht das lustige grüne, das energisch voranschreitet und im oberen das breit dastehende rote, das mit ausgebreiteten Armen auch die eiligsten Berlinerinnen und Berliner stoppt.

Warum gerade jetzt in Franks Gedankenwelt die hübsche Lady im roten Blazer wieder auftauchte, war ihm unerklärlich, aber nicht unangenehm. Würde sie ihn jetzt in Gedanken durch ganz Berlin verfolgen?

Er musste nicht einmal winken, schon standen drei Taxis vor ihm, eines davon nach einem riskanten Dreh über die Sicherheitslinie. Obwohl dieses das nächstgelegene war, ignorierte er das heftige Winken des Fahrers. Zu abenteuerlich war ihm sein Fahrstil. Also winkte er das zweite heran, einen Mercedes, um die Distanz in Anbetracht seines Gepäcks möglichst kurz zu halten. Ein Marokkaner stieg eilig aus. Erfreut nahm er Franks Gepäck und verstaute es sorgfältig im geräumigen Kofferraum.

»Hallo, wohin?« war die Standardbegrüßung, »Tourist?« der Zusatz.

Frank nannte ihm die Adresse: »Oranjenburger Straße!«

»Wohin?«

Entnervt tippte der Taxifahrer auf seinem Navi herum. »Dieses irre Gerät scheint Berlin nicht zu kennen«, murmelte er ratlos vor sich hin. Endlich fuhr er los. Auf welchem Weg auch immer, direkt oder über Umwege, nach 20 Minuten Fahrt verlangte er 24 Euro. Vermutlich gab ihm Frank mit zwei Euro zu wenig Trinkgeld, auf jeden Fall musste er sein Gepäck selbst ausladen.

4

FRANK

Kurze Zeit später betrat Frank sein Zimmer im vierten Stock. So fühlte man sich also, wenn dich niemand außer der Rezeptionistin kennt. Wenn sich niemand für dich interessiert. Wenn niemand etwas von dir erwartet. Wenn niemand auf dich wartet.

Frank schaute um sich. In diesem Zimmer sollte sich also die Wandlung zum neuen Frank vollziehen. Hier würde ich alte Gewohnheiten zurücklassen und wie ausgewechselt nach Hause zurückkehren. Er blickte auf das große Doppelbett mit der feinen Wäsche und verdrängte schnell die Gedanken an die Lady mit dem roten Blazer.

Er stellte den Koffer neben der schwarzen Ledersitzgruppe ab und zog den Vorhang zurück. Vier Stöcke unter ihm brausten Autos, Trams, Busse, Lieferwagen und Radfahrer vorbei, und vis-à-vis auf Augenhöhe präsentierte sich eine prächtige Hausfassade im Gründerzeitstil. Das Haus überragte das Hotel um einiges und raubte fast vollständig den Blick zum Himmel. Dafür boten die vielen Fenster unverhüllt Einblick in das Innenleben.

Frank ließ sich in den schwarzen Ledersessel fallen. »Was bin ich doch für ein seltsamer Mensch«, dachte er. Statt zu jubeln und sich zu freuen, öffnete sich in ihm eine seltsame Leere und Schwere. Statt sich schwungvoll in seine Auszeit zu stürzen, fühlte er sich matt und lustlos.

Er wehrte sich vehement, als Silvie ihm seine Gemütsverfassung als typische Midlife-Crisis unter die Nase rieb. Nein, er habe sein Leben im Griff, aber eine kreative Auszeit dürfe er sich wohl nach 30 Jahren Business zugestehen, argumentierte er. Er wollte weder seine Agentur verkaufen noch aussteigen, sich in Lederkleidung mit einer Harley auf einen Roadtrip begeben noch andere verrückte Abenteuer starten.

Sein hektischer Alltag hatte ihm nie Zeit gegeben, um solche Ideen aufkommen zu lassen. Für seine Auszeit hatte er sich vorgenommen, wie bei einem Service die lockeren Rädchen anzuziehen, abgenutzte Teile auszuwechseln, das Räderwerk zu justieren und beim Außengehäuse mit einer Politur alte Kratzer zum Verschwinden zu bringen. Und er stellte sich das erstaunte Umfeld vor, wenn er als praktisch neuer Frank wieder auftauchte. So war seine Denkweise.

Frank wollte sich nicht eingestehen, dass ihn Pirmins Schockdiagnose zu einer tiefgründigen Auseinandersetzung mit sich selbst drängte.

Für solche Grübeleien ließ ihm sein Hirn weder Zeit noch Raum. Im Gegenteil, es erinnerte ihn an die Ziele, die er sich für seine Auszeit vorgenommen hatte, an seinen Zeitplan und seine Checkliste, die er minutiös vorbereitet hatte. Keine Minute wollte er verschwenden.

Und da war sein Hirn gnadenlos: »Los Frank, leg los! Nimm deine Checkliste und beginne, deine Vorsätze umzusetzen. Jetzt, nutze die Zeit! Auf was wartest du?«

Doch sein Körper reagierte nicht. Eine Stunde später saß er noch immer im Sessel, und der Koffer und sein Handgepäck standen ungeöffnet auf dem roten Teppich.

5

FRANK

Mit einem Mal stand Frank energisch auf. Sein Verstand hatte ihn überzeugt. Er wollte nach draußen und die pulsierende Stadt kennenlernen. Er wollte seine Zeit nutzen, seine Checkliste umsetzen und erleben, was das Leben mit ihm machte. Jetzt, hier und sofort.

Zehn Minuten später stand Frank vor dem Hotel. Und jetzt, wohin?

Plötzlich realisierte er seine neue Freiheit. War er jetzt erfreut oder vermisste er die endlosen Diskussionen mit Silvie über das Wohin und das Wie weiter? Flanieren, Shopping und Großstadtatmosphäre waren ihre Vorlieben, Parks, Sehenswürdigkeiten und Museen die von Frank. Immer mussten sie sich auf einen gemeinsamen Nenner zusammenraufen und Kompromisse finden:

»Gehen wir nach rechts oder links?«

»Zuerst ins Stadtzentrum oder in einen Park?«

»Auf dieser oder der anderen Straßenseite?«

»Zu Fuß oder mit der Straßenbahn?«

»Aha, du hast das Mobiltelefon vergessen!«

Diskussionen dieser Art blieben Frank dieses Mal erspart. Er entschied sich für links, weil in diese Richtung eine mit Menschen vollgepferchte Straßenbahn rumpelte. Aber eine Tramfahrt war für ihn keine Option, er wollte den Puls der Menschen spüren. Zielstrebig startete er in Richtung Friedrichstraße.

Schon mit den ersten Schritten meldete sich sein berufliches Interesse und sein Empfangsmodus schaltete vom Ruhemodus auf aktiv. Die glamourösen Läden in der Friedrichstraße, der Einkaufsmeile von Berlin, boten ihm Anschauungsunterricht in größter Vielfalt. Jeder Schriftzug, jede Beschriftung, jedes Schaufenster, jedes gigantische Plakat, alles faszinierte ihn. Überall konnte er etwas Neues entdecken. Er glaubte, alles in seinen Ideenspeicher aufnehmen zu müssen.

Frank wusste genau, wie viel Aufwand, Erfahrung, Frust, Freude, Know-how und Neuanfänge hinter dieser glitzernden Werbewelt steckten. Wie oft saß er abends in seinem Büro und brütete Konzepte für seine Kunden aus. Wie oft war er frustriert, wenn seine Ideen von den Kunden mit einer abwertenden Handbewegung verworfen wurden. Wie oft verzweifelte er, weil von ihm Wunder erwartet wurden. Als Kreativer würden ihm bestimmt die richtigen Argumente einfallen, war die lapidare Meinung seiner Kunden.

Aber es war jedes Mal harte Knochenarbeit. Die ausufernden Briefing-Papiere, die nichtssagenden Vorgaben, die Anhänge mit Tabellen und Listen waren selten hilfreich. Die Interpretation sei seine Freiheit, meinten die Kunden jeweils auf die Rückfragen. In stundenlanger Arbeit versuchte er, die Zielgruppen nach Kaufkraft, Motivationen und Bedürfnissen zu entwirren. Er teilte sie in Segmente, Untergruppen oder Teilzielgruppen auf. Er studierte dicke Marktbefragungen und Auswertungen, er recherchierte im Internet, bis er glaubte, die Motivationen und Bedürfnisse der Zielgruppen zu kennen.

Und dann kreierte und konstruierte er Ideen, um die Produkte und Dienstleistungen seiner Kunden überzeugend anzubieten. Produkte und Dienstleistungen, die teilweise sinnlos, überteuert oder einfach überflüssig waren. Aber er machte es. Es war sein Job und irgendwann glaubte er die Argumente selbst, die er der Zielgruppe zumutete.

Er merkte kaum, dass er der entgegenströmenden Menschenmasse mitten im Weg stand. Links und rechts teilte sich die Menge um ihn herum. Nicht alle hatten Verständnis für das Hindernis und straften ihn mit bösen Blicken und kleinen Rempeleien. Aber er wollte den Weg gar nicht frei machen. Er wollte die Menschen beobachten, die es in Richtung U-Bahn-Station schwemmte. Alte, junge, fröhliche, besorgte, zerfurchte, unbeschwerte und mürrische Gesichter zogen an ihm vorbei, bis eine Frau seinen Blick magisch anzog. Ihr roter Blazer erhöhte seinen Puls schlagartig.

»Warum, Frank?«, fragte er sich. Warum hat sich das Gesicht der roten Lady bei ihm eingenistet? Offenbar gibt es

Vorgänge, gegen die sich zwar der Verstand, aber nicht das Gefühl wehren konnte.

Energisch musste er den startenden Gedankengang stoppen, wie er ihren Namen wohl ausfindig machen könnte. Wieso überhaupt? »Nein, Frank«, mahnte ihn sein Hirn, »du weißt, wieso du hier bist. Nutze die Zeit für deine Ziele und Pläne!«

6

FRANK

Kurz darauf stand Frank vor dem Bestsellerregal der Sachbücher in Berlins größter Buchhandlung. Er suchte nach dem einen Buch, das ihm Loslassen und einen perfekten Neuanfang garantieren würde.

Die Bücher präsentierten sich fein säuberlich geordnet von Rang 1 bis 20. Alle mit einem *Spiegel*-Bestseller-Aufkleber ausgezeichnet oder von einem Mitarbeitenden der Buchhandlung in einer handschriftlichen Notiz empfohlen.

Aber für Frank war das keine Hilfe, im Gegenteil. Wie immer brauchte er unendlich lange für eine Entscheidung, bis er schließlich unentschlossen weglief und seine Suche in einer anderen Ecke der Buchhandlung fortsetzte. Das riesige Angebot machte ihn konfus. Zwar drehte er zwei Bücher in seiner Hand hin und her, aber das gesuchte Buch mit einem Titel wie *Ein neuer Mensch in sieben Tagen* war nicht dabei. Eine Mitarbeiterin zu fragen, traute er sich nicht. Ihren mitleidigen, fragenden Blick könnte er nicht ertragen.

Von Minute zu Minute spürte er, wie seine Verwirrung immer größer wurde. Seine Entscheidungsunfähigkeit hatte ihn voll im Griff. »Was will ich eigentlich?«, fragte er sich. »Ich irre hier herum und dieselben Bücher sind auch im Bestsellerregal in Zürich zu finden.« Plötzlich ärgerte er sich über die Zeitverschwendung und sein rastloses zwischen den Regalen Hin- und Hergehetze.

»Schau einfach, was mit dir passiert«, so lautete die Empfehlung seiner Coachin für den Berlin-Aufenthalt. »Lasse dich von deinen spontanen Gefühlen und Eingebungen leiten. Du wirst staunen, wohin sie dich führen werden.« Von Checkliste hatte sie nichts gesagt.

20 Jahre brauchte Frank, bis er sich durchringen konnte, sich von einem professionellen Coach beraten zu lassen. Bis dahin war er einer derjenigen gewesen, der dem Buchhandel und insbesondere der Abteilung »Lebenshilfe« zu einem immens größeren Umsatz verholfen hatte. Aber sich persönlich beraten zu lassen, nein, das konnte er sich nicht vorstellen, seine Gefühle von innen nach außen zu kehren. Einer unbekannten Person uneingeschränkte Einblicke in sein Ich zu gewähren, das war für ihn dasselbe, wie jemandem seine vertrauliche Passwortliste auszuhändigen. Doch aus einem emotionalen Tief, wiederkehrenden Frusterlebnissen und dem dauernden Stupsen von Silvie hatte sich dann doch ein erstes Treffen mit einer Coachin ergeben.

Und daraus wurden zwei, drei und weitere. Und seitdem bastelte Frank an seinem neuen Ich, am neuen Frank herum.

Ohne Buch lief Frank wieder aus dem Laden auf die überfüllte Straße. Die Szenerie hatte sich nicht verändert. Menschen, Gedränge, Gehupe, Feierabendstimmung, es wurde immer hektischer. Sofort wurde Frank wieder von seinem alten Rhythmus bestimmt. Schnell, schneller, sofort, jetzt! Immer schneller lief er die Friedrichstraße entlang, als müsste er einen Geschäftstermin wahrnehmen.

Er brauchte einige hundert Meter, bis er sich wieder an den Zweck seines Berlinbesuchs erinnerte. Nicht mehr eilen und nicht mehr hetzen. Nicht mehr gedankenversunken und ohne Blick nach links und rechts durch die Straßenschluchten stressen.

Nein, ab jetzt wollte er darauf achten, welche Kreidezeichnungen den Gehweg zierten, was die wilden Veranstaltungsplakate an den Laternenpfosten versprachen, welche Schuhmarke die elegant gekleideten Herren trugen, welche Marken von Handtaschen an den Armbeugen der jungen Frauen hingen, wie viel der dicke Herr hinter seinem Grill für seine Currywurst verlangte und was auf den Namensschildchen der Polizisten stand, die in Dreiergruppen fast an jeder Ecke stehen. Damit hatte es Frank mit seiner Achtsamkeit allerdings übertrieben, denn einer der Polizisten bat ihn bestimmt, einfach weiterzugehen.

7

FRANK

Eine Stimme stoppte Frank plötzlich in seinem orientierungslosen Herumirren.

»Kann ich Ihnen behilflich sein?«, fragt ihn die sympathische Stimme einer Verkäuferin im Galeries Lafayette.

»Was mach ich denn in diesem Nobelhaus zwischen den Kleiderständern mit farbigen Blazern?«, fragte er sich.

»Ähm, ich warte auf meine Frau«, half ihm die kreative Ecke seines Gehirns zu einer halbakzeptablen Antwort. Meine Frau? Er war selber erstaunt, diese Antwort aus seinem Mund zu hören.

»Dann setzen Sie sich doch, wir haben hier extra einen bequemen Sessel für wartende Männer. So wird die Zeit für Sie etwas angenehmer.«

»Genauer gesagt, suche ich meine Frau. Sie schwirrt immer so schnell und ruhelos durch die Abteilungen. Und da meine Frau Blazer liebt, dachte ich mir, dass ich sie hier finden könnte.« Das fand die Verkäuferin megasympathisch.

Ihr Partner würde kaum in einer Damenabteilung nach ihr suchen, von so was konnte sie nur träumen.

»Moment mal, wir könnten mit einer kurzen Lautsprecherdurchsage ihre Frau suchen.« Die Hilfsbereitschaft der Verkäuferin war groß.

»Nein, nein, danke, so dringend ist es auch wieder nicht. Wir verlieren uns oft, doch dafür hat man heute ja ein Mobiltelefon«, antwortete Frank schnell und zeigte ihr zum Beweis sein neues Handy. Aber die nette Verkäuferin blieb hartnäckig und wollte, vermutlich den Vorgaben der Hausrichtlinien entsprechend, ihren Kunden rundum zufriedenstellen.

»Das machen wir doch gerne, mein Herr, ihre Frau wird sich sogar freuen! So zum Beispiel: Durchsage an Frau ... wie heißt denn ihre Frau?«

»Dumont!«

Frank fragte sich, wie er auf diese Antwort kam.

»Dumont? Dumont«, wiederholte die Verkäuferin den Namen. »Durchsage für Frau Dumont, Ihr Mann ... wie heißen Sie? ... Ah, Frank? ... Durchsage für Frau Dumont ... wie heißt ihre Frau mit Vornamen?«

Die Antwort musste blitzschnell kommen, was sollte sonst die Verkäuferin denken, wenn er nicht mal den Vornamen seiner Frau kennt, schoss es ihm durch den Kopf. Also rettete ihn der Name seiner ersten Freundschaft.

»Chantal!«

»Chantal? Oh, ein wunderbarer Name. Durchsage für Frau Chantal Dumont. Frank hat einen wunderbaren Blazer für Sie gesehen, hier in der Blazer-Abteilung im zweiten Stock. Aufruf für Frau Chantal Dumont …«

Frank wusste kaum wie ihm geschah und sah im Moment nur einen Ausweg, sich aus dieser Situation zu retten: nichts wie weg! Dies war das erste Mal, dass ihn die schöne Lady in Rot in eine delikate Situation gebracht hatte. Während im Lafayette die Durchsage ertönte, stand er bereits wieder mitten im Feierabendgewimmel auf der Friedrichstraße.

8

JANIE

Zur gleichen Zeit saß Janie im Pavillon der Galeries Lafayette und wurde hellhörig, als die Durchsage aus dem Lautsprecher ertönte. Dass ein Mann seiner Frau einen Blazer aussuchte, fand sie extrem aufmerksam und liebenswürdig.

Wehmütig dachte sie an die Zeit mit Louis, als die beiden einander die Wünsche von den Augen abgelesen hatten. Doch nach der Phase der großen Verliebtheit hatte sich ihr Verhältnis abgekühlt und die Dinge, mit denen sie einander nervten, wurden wichtiger als jene, die sie aus Liebe zueinander machten. Und so stand sie einmal mehr vor einem Scherbenhaufen.

Was geblieben war aus dieser Zeit, war ihre Vorliebe für Blazer. Louis war ein Mann, der andere in Modefragen mit viel Engagement unterstützte. Für ihn war kein Weg zu lang, um in einem anderen Geschäft nach einem noch passenderen Exemplar Ausschau zu halten. Und Janie ließ sich gerne führen, leiten und beraten. Und jetzt erinnerte sie jeder ihrer Blazer an die Momente mit ihm.

Die Trennung war unschön. Sie endete in einem Rosenkrieg um Besitztum und Schuldzuweisungen. Deshalb wollte sich Janie mit einem neuen Kleidungsstil von der Vergangenheit lösen. Sie wollte sich ihre Eigenständigkeit beweisen. Doch ihre Vorliebe für Blazer konnte sie nicht ablegen. Sie war immer auf der Suche nach den neuesten Trends. Edle Stoffe und schickes Styling waren ihr wichtig, schon von Berufes wegen. In einem Blazer fühlte sie sich selbstsicher, attraktiv und gut gekleidet. Er war wie eine Schutzhülle, wenn sie in den monatlichen Verwaltungsratssitzungen den aktuellen Geschäftsgang erläutern musste. Ein Blazer hievte sie als Frau auf die gleiche Stufe wie die uniform gekleideten Herren.

Noch heute ist ihr unklar, weshalb Walter H. Bischof, der Vorsitzende und Inhaber von TrendCollection, sie vor zwei Jahren zum CEO der Firma beförderte. Nach außen wollte sich Bischof als Mann von Welt präsentieren. Eine Frau an der Spitze seines Modelabels würde die Glaubwürdigkeit der Marke massiv erhöhen, da war er sich sicher. Doch im Kern war Bischof ein erzkonservativer Kleingeist aus dem Appenzellerland. Bei allem, was Veränderung und Fortschritt bedeutete, stand seine Ampel auf Rot. Was in den letzten 20 Jahren gut war, kann heute nicht auf einmal schlecht sein, war seine Philosophie.

Auch sein Beharren auf das H. in seinem Vornamen war lächerlich. Walter H. Bischof wollte sich mit diesem Zusatz vom Lehrling Walter Bischof im zweiten Lehrjahr differenzieren. Er verbot diesem sogar, sich im Geschäft mit dem englischen »Woolter« rufen zu lassen. Denn diese Aussprache war exklusiv für ihn reserviert. »Woolter Eidsch Bischoff« klang ungemein kompetent und entsprach seiner Stellung optimal.

Janie hasste diese Spießigkeit. Doch sie wollte das ganze Getue und Gezerre in diesen Tagen in Berlin vergessen und ihre Auszeit mit aufbauenden Gedanken füllen. Da kam es ihr nur gelegen, dass sie sich mit einem neuen Blazer ablenken konnte.

9

JANIE

Noch immer saß Janie im Pavillon der Galeries Lafayette. Das Warten passte ihr gar nicht. Passivität war nicht ihre Stärke. Stille bewirkte, dass ihre Gedanken ständig ungehindert neue und absurde Szenarien zu ihrer aktuellen Situation produzierten. Obgleich sie versuchte, sich auf die verrückten Modevorschläge in der *Vogue* zu konzentrieren, gelang es ihr nicht, die unerwünschten Gedankengänge beiseitezuschieben. Um nicht in weitere Grübeleien und Selbstvorwürfe abzudriften, entschloss sie sich, die neue Blazer-Kollektion im zweiten Stock anzusehen.

Es war wie eine Erlösung, als der Dreiklang-Rufton ihres iPhones ertönte. Endlich hatte das Warten ein Ende, so hoffte sie. Verzweifelt suchte sie nach dem iPhone in ihrer Tasche, das sich zwischen Portemonnaie, Lippenstift und Flugticket versteckt hatte. Schnell klappte sie es aus der mattschimmernden Hülle, schaute aufs Display und lächelte. Diesen Anruf hatte sie erwartet.

»Hallo, Andrea!«

Pure Freude huschte über ihr Gesicht.

»Ja, ich bin schon da und habe mir die Zeit im Lafayette vertrieben ... Das macht doch nichts ... Ich freue mich so, dich zu sehen ... O.k., bis nachher.«

Ihre Stimmung hellte sich spürbar auf. Es war ihr egal, dass sie schon wieder mit weiteren WhatsApp-Nachrichten bombardiert wurde. Sie stellte ihr iPhone auf lautlos und verstaute es in ihrer Burberry-Tasche. Die Welt konnte sie suchen, sie war abgetaucht.

Sie ließ die *Vogue* auf dem Tisch liegen und wenig später sauste sie im Lift dem Parterre entgegen. Die Liftfahrt über fünf Stockwerke ließen ihr gerade noch genügend Zeit, ihre Lippen mit einem dezenten Rot nachzuziehen.

Es war Andrea, die ihr vorgeschlagen hatte, den Kopf bei ihr in Berlin zu lüften. Beste Freundinnen spürten immer genau, wann der Zeitpunkt für Gespräche und ungestörtes Zusammensein war. »Danke Andrea, dein Vorschlag kam gerade zur rechten Zeit.«

Zehn Minuten später umarmten sich die beiden auf der Friedrichstraße. Die eine, eine schlanke, elegant gekleidete Dame mit rotem Blazer und halblangen Haaren, und die andere, eine leicht rundliche Frau in abgelatschten Turnschuhen und lockigem Strubbelkopf.

Janie und Andrea waren seit Jahren unzertrennlich. Auch wenn sie durch örtliche Distanz voneinander getrennt lebten, hatten sie sich nie aus den Augen verloren. Und obwohl sie sich nach dem letzten obligatorischen

Schuljahr in völlig entgegengesetzte Richtungen entwickelt hatten, hatten sie keine Geheimnisse voreinander und wussten sich immer gegenseitig mit ihren Meinungen und Ratschlägen wiederaufzurichten. So dauerte es auch keine Viertelstunde, bis sich ihre Unterhaltung auf dem gewohnt vertrauten Niveau eingependelt hatte.

Andrea wohnte nördlich der Stadtmitte von Berlin in einem Reihenblock. Noch heute ist sie ihrem Arbeitskollegen Uwe dankbar, der ihr den entscheidenden Tipp gegeben hatte. Einen teuren Lebensstandard könnte sie sich gar nicht leisten. Darum sind auch keine Designermöbel oder wertvolle Stücke in ihrer Wohnung zu finden. Auf dem schmalen Balkon ließen sich gerade ein Tischchen und zwei Stühle platzieren, aber mit dem Ausblick auf die kleine Baumallee fühlte sie sich wie in einem Garten.

Wie schon die letzten Male fühlte sich Janie schon beim ersten Schritt über die Türschwelle richtig wohl. Insgeheim bewunderte sie Andrea, dass sie nicht dem ständigen Streben nach Neuem und nach Mehr verfallen war.

Andrea hatte für Janie wie jedes Mal das kleine Zimmer ihrer Tochter Nina liebevoll hergerichtet. Außer dem neuen Ikea-Bett konnte Janie keine Veränderungen feststellen. Nina war mittlerweile ausgezogen und wohnte bei ihrem Freund in der Nähe des Viktoria-Luise-Platzes. Irgendwie machte es den Eindruck, als wäre das Zimmer für Nina noch eine Art Rückversicherung, falls die Freundschaft mit Jonathan nicht zum erhofften Ziel, einer Hochzeit in Weiß, führen würde.

»Bling«, der Ton kündigte an, dass auf Janies iPhone eine neue Nachricht eingetroffen war. »Kannst du kurz zurückrufen, LG Moritz«

»Oh nein, Moritz«, weigerte sich Janie, »du kannst warten«. Es war schon die dritte WhatsApp-Nachricht dieser Art heute. Moritz kümmerte es nicht, dass sie im firmeninternen Timesystem drei freie Tage eingetragen hatte. Moritz war ihr Assistent. Seine kreative Bewerbung und sein Interesse an Mode hatten ihn kurz nach dem Studium zur TrendCollection AG gebracht. Auch drei Jahre später hatte Moritz noch nicht kapiert, dass auch in einer renommierten Firma wie TrendCollection die Mode nur die Branche war, aber der Alltag aus Arbeit bestand. Das Einkaufen als großes Erlebnis an den renommierten Messen in Paris und Mailand war höchstens das Dessert in ihrer Arbeit. Aber viel ärgerlicher für Janie war, dass Moritz seine Unselbstständigkeit nie ablegte. Es war in ihm tief verankert, dass Arbeit lediglich darin bestand, Aufträge auf Befehl termingerecht abzuwickeln. Das Mitdenken, und auch mal nach links und rechts zu schauen, blieb ihm fremd.

Janie war froh, als Andrea zu einem Begrüßungsgläschen rief. Ein feiner Prosecco konnte ihr nur guttun. Aber in Andreas Kühlschrank stapelten sich keine Proseccos, sondern nur zwei Flaschen Weißwein der billigeren Sorte. Die eine war bereits geöffnet, als sie beiden ein Gläschen einschenkte. Bereits der erste Schluck wirkte wie ein Schalter, der ihre Anspannung im Körper lockerte.

»Herzlich willkommen in Berlin«, plauderte Andrea fröhlich drauflos, »dass all unsere Probleme von der stickigen Berliner Luft aufgefressen werden!«

So war Andrea eben. Nichts konnte sie so schnell aus der Bahn werfen. Sie schien geerdet und mit beiden Beinen im Leben zu stehen. Janie fühlte sich in ihrer Gegenwart schon besser, viel besser. Bei Andrea musste sie sich nicht verstellen und jedes Wort auf die Waagschale legen. Es war befreiend, den Gedanken und Gefühlen freien Lauf zu lassen. Darum hatte sie sich auch aus den teuren Designerkleidern befreit und ihre bequemste Yoga-Hose angezogen.

»Also los, erzähl mal aus deinem feudalen, glamourösen Business-Leben«, munterte Andrea sie auf. »Aber noch mehr interessiert mich dein ärmliches Liebesleben. Hat sich Louis blicken lassen?«

»Hmm … aus und vorbei. Seit unserem letzten Treffen hat sich überhaupt nichts mehr getan«, bekannte Janie. »Das muss ich wohl abhaken.«

Schon wieder leuchtete das Display von Janies iPhone. Sie beschloss aber, nicht nach dem Inhalt zu schauen.

»Das Einzige, was ich noch gemacht habe, ist, mit Louis ein versöhnliches Ende zu finden. Aber er ist seiner neuen Freundin völlig verfallen und hat die Erinnerungen an unsere Zeit schon lange in die Ecke gestellt. Vielleicht ist es auch besser so.«

Andrea schwieg. Aus ihrem Blickwinkel war Louis nicht der richtige Mann für Janie. Das hatte vor sechs Jahren zu einer heftigen Missstimmung zwischen ihnen geführt. Und nun hatte sich ihr Gefühl doch als richtig erwiesen. Louis war einer der vielen Freunde, die Janie ausgenutzt haben. Die sich in ihrem Rampenlicht zeigen wollten, oft auch von ihrem Bankkonto lebten und dann weiterzogen, als seien sie auf einer Besichtigungstour. Und jede ihrer zerbrochenen Beziehungen hatte auf ihrem Herz einen weiteren Kratzer hinterlassen.

Andrea überlegte sich eine Antwort. Sollte sie zustimmen oder sie zum Kämpfen auffordern? Louis war ein ekelhafter Typ, ein richtiger Schmarotzer. Zwar ein Charmeur, aber nur solange es zu seinem Nutzen war. Doch es war offensichtlich, dass Janie unter der Trennung litt.

In die Kerze blickend meinte Andrea: »Lass Louis Louis sein. Und mag es dir noch so schwerfallen, du bist es nicht wert, einfach wie ein Handy benutzt zu werden. Es gibt hunderttausend Männer, die würden dich auf der Stelle von Herzen lieben. Also versuche, dein Herz von Louis zu lösen und gönne dir eine Auszeit. Eine Auszeit, die dich zur Ruhe bringt und dir die Augen öffnet, in anderen Menschen die wichtigen Werte zu erkennen und nicht nur nach der Kleidermarke zu urteilen.«

Fast wurde Janie ein bisschen ärgerlich, immer die gleichen Phrasen von ihrer Freundin zu hören.

»Bitte hör auf, Andrea. Ich hoffte, von dir gutes Zureden und Unterstützung zu erhalten, stattdessen wühlst du einfach in meinem offenen Herz herum.«

Janie verdeckte mit beiden Händen ihre Augen. Immer und immer wieder dieselben Ratschläge. Sie konnte sich beim besten Willen nicht ausmalen, an einem ihrer gesellschaftlichen Anlässe einen Typen in Brack-Jeans und unpassendem Kurzarmhemd als ihren Freund vorzustellen. Nur zu gut konnte sie die fragenden Blicke und das Getuschel hinter ihrem Rücken deuten. Ihre ganze Glaubwürdigkeit im Business wäre dahin.

Und doch musste sie sich in ihrem Innersten zugestehen, dass die Beziehungen mit diesen Außen-fix-und-innen-nix-Typen jeweils nur von kurzer Dauer waren.

Andrea spürte förmlich, wie die Gedanken durch Janies Hirn flitzten. Sie wünschte, sie könnte Gedankenlesen und sich den Typ vorstellen, der Janies Ansprüchen genügen würde. Gebildet, clever, gutaussehend, in Führungsposition, stilvoll, modisch, verständnisvoll, herzlich, treu, zärtlich und ein versierter Liebhaber.

Plötzlich sagte Janie in die Stille: »Weißt du überhaupt, wann ich das letzte Mal Sex hatte? Ich kann mich kaum noch daran erinnern. Ich fühle mich mittlerweile so unattraktiv, dass ich schon erschrecke, wenn mich ein Mann nur anschaut.«

Andrea schmunzelte: »Das sagst du einer alleinerziehenden Mutter? Meinst du, mir als Aschenputtel kämen die Männer zugeflogen? Sobald du etwas von Kind erwähnst, siehst du nur noch ihre Absätze.«

Beide lachten drauflos und fühlten sich einander noch näher verbunden.

Jetzt konnte Janie ihr Geheimnis nicht länger für sich behalten: »Du, Andrea, heute im Flug nach Berlin habe ich einen Typen angeflirtet. Er saß auf Sitz 25E. Sein Aussehen ähnelte so, hmm, was soll ich sagen ..., so eine Mischung aus George Clooney und Lothar Matthäus. Leicht graues Haar, gut 50 Jahre alt, in einem Marco-Polo-Shirt und einem blauem Valentino-Blazer. Er saß da, so ruhig, gelöst und schien mit sich und der Welt zufrieden. Und, rate mal, sein Ringfinger war blank! Saß einfach da und tippte auf seiner iPad-Tastatur.«

Janie stoppte, als wollte sie die Reaktion von Andrea abwarten. Aber Andrea wollte Janies strahlenden Ausdruck nicht zerstören und so nickte sie ihr nur sehr aufmunternd zu.

»Während ich hinter der Flugbegleiterin auf dem Gang in Richtung Toilette wartete, lächelte er mir zu. Nicht so ein Anmacher-Lächeln, sondern ein geheimnisvolles, herzliches Lächeln. Ich war hin und weg ... total fasziniert!«

»Du spinnst«, unterbrach Andrea. »Du fantasierst. Willkommen zurück im Single-Leben. Deine Hormone spielen verrückt. Du hast eine ausgesprochene Gabe, dich vom Regen in die Traufe zu manövrieren.«

»Ich wäre nicht die erste, die ihren Mann fürs Leben in einem Flugzeug gefunden hätte«, verteidigt sich Janie. »Und bei Liebe auf den ersten Blick muss ja einer den Anfang machen.«

Andrea glaubte ihren Ohren nicht zu trauen. »Wow, Liebe auf den ersten Blick! Das klingt ja vielversprechend. Und hast du deinem Prinzen auch sogleich deine Handynummer in seine Sandwichpackung geschmuggelt?«

Janie zögerte, überlegte sich eine Antwort und entschied sich dann für die Wahrheit.

»Nein, leider nicht«, und schüttelte unsicher den Kopf, »... aber ich habe in der Rezeption seines Hotels meine Sitzplatznummer mit einem strahlenden Smiley in seinem Fach deponiert.«

Jetzt war Andrea baff. Sprachlos. Sie schaute Janie entgeistert an.

»Was sagst du? ... Was hast du gemacht? ... Wo hast du denn seine Adresse her?«, wollte Andrea wissen. Janie blickte nur geheimnisvoll und zuckte mit der Schulter, als wollte sie sagen: »Not macht erfinderisch.«

Andrea machte aus ihrer Meinung kein Geheimnis: »Die souveräne, weltgewandte, attraktive Single-Business-Woman Janie baggert im Flugzeug ihren Prinzen auf Sitzplatz 25E an. Kaum zu glauben, was ist nur in dich gefahren?«

Andrea schenkte beiden einen weiteren kräftigen Schluck Weißwein nach und mit einem kurzen »Hoffen wir nur, dass der Typ deine Adresse nicht herausfindet« war das Thema für den Moment erledigt.

Andrea konnte in Janie die Frau von früher nicht mehr erkennen. Jene Janie, die immer voll aufs Gas gedrückt hatte. Die vor 23 Jahren ihren Uniabschluss mit Bravour und Leichtigkeit hinter sich gebracht hatte. Keine noch so schwierige Aufgabenstellung konnte sie aus den Socken hauen. Sogar die Professoren staunten ob ihrer Intelligenz, Logikfähigkeit und ihrem Business-Verständnis. Jene Janie, die sich schon während der Unizeit die lukrativsten

Nebenverdienste aussuchen konnte und immer die smartesten Jungs um sich scharte. Manch anderes Mädchen bewunderte sie und war insgeheim neidisch auf ihr Aussehen und ihre Ausstrahlung. Aber Janie kümmerte das nicht. Sie machte keine Unterschiede unter ihren Studienkollegen und faszinierte alle mit ihrem bezaubernden Lächeln. Sie wollte unabhängig sein und war es auch. Ihre Unbeschwertheit beeindruckte und alles schien ihr leicht zu fallen. Was sie machte, machte sie mit sichtbarer Freude. So erstaunte es auch nicht, dass sie schon vor dem Studienabschluss einen Vertrag mit dem führenden Modelabel TrendCollection in der Tasche hatte und lange Zeit die dominierenden Modestädte der Welt bereiste: New York, Los Angeles, Singapur.

Doch vor einigen Jahren kippte der Schalter. Mit jeder gescheiterten Beziehung wurde aus Janie eine verunsicherte, zögernde, zweifelnde Frau. Es kamen Gefühle an die Oberfläche, die so gar nicht zu Janies Lebenslauf passten. Für Andrea war es leidvoll, mitansehen zu müssen, wie sich ihre beste Freundin in eine rätselhafte Richtung entwickelte.

10

FRANK

Franks euphorische Aufbruchsstimmung war in sich zusammengebrochen. Seine hohen Erwartungen an die Berliner Auszeit überforderten ihn. Zu viele Ziele und Vorgaben schwirrten in seinem Kopf herum. Und alle drängten ihn, zuerst erledigt zu werden.

Frank wusste nicht, wie lange er vor dem Lafayette gestanden hatte. Erst ein kräftiger Rempler bugsierte ihn wieder zurück in die Gegenwart. Sein Hirn ermahnte ihn: »Nutze deine Zeit, Frank!«

Was war plötzlich in ihn gefahren? Solche Abschweifer waren ihm unbekannt. Nichts konnte bisher sein säuberlich geplantes und getaktetes Leben durcheinanderbringen. Er tat diesen Abschweifer als Blackout ab und beschloss, das Heft wieder in die Hand zu nehmen und den weiteren Verlauf selbst zu bestimmen: Besuch des Brandenburger Tors? Kauf der Touristenkarte für den öffentlichen Verkehr und die Museen? Trinken eines Starter-Apéros? Oder was sonst?

Ganz in der Art des alten Franks konnte er sich nicht entscheiden und machte sich auf den Weg zurück ins Hotel.

Mit jedem Schritt übernahmen seine ursprüngliche Absicht und Auszeitziele wieder die Führung. Sein Schritt wurde langsamer, sein Gesichtsausdruck entspannter und sein Blickfeld wieder weiter.

So konnte ihm auch der Gitarrenspieler am Ende der Weidendammer Brücke nicht entgehen. Sein Tramper-Rucksack lehnte an dem schmiedeeisenverzierten Geländer und deutete auf keine großen Strapazen hin. Er hockte auf einem kleinen, farbigen Campingklappstuhl, einen Fuß abgestützt auf dem Gitarrenkasten und sang *I Walk the Line* von Johnny Cash. Seine verfranzten Jeans, das weiße Leinenhemd, an den Armen lässig hochgekrempelt, und die braunen Lederlatschen deuteten weniger auf ein armseliges Leben als vielmehr auf einen verrückten Weltenbummler und Abenteurer hin. »Ein seltsamer Vogel«, war Franks spontane Einordnung.

Und dieser Typ spielte gratis! Es lag kein umgekehrter Hut auf dem Trottoir, der den Weg versperrte, dafür stand in farbiger Kreideschrift auf dem Asphalt geschrieben: »Türen statt Mauern!«

Das war neu für die Berliner. In der Regel mussten sie den kreuz und quer herumliegenden Bettlern und den auf dem Trottoir verteilten Sammelbechern ausweichen, wollten sie nicht um einige Cents erleichtert werden. Und dieser Typ schaffte es irgendwie, immer mehr Leute um sich zu scharen, obwohl sich seine Darbietungen wenig von Lagerfeuerqualität abhoben. Das konnten auch der lärmige Straßenverkehr und die dröhnenden Trams nicht übertönen.

»Türen statt Mauern!« – vermutlich hatte er mit dieser Forderung genau die Gefühle der Berliner getroffen. In der Stadt, in der die Erinnerungen und Mahnmale an die unglückselige Mauerzeit überall präsent waren, war dies Balsam auf immer noch verletzte Herzen. Noch unvergessen war die dramatische Zeit, als innert kürzester Zeit Familien, Bekanntschaften, Freundschaften und Gemeinschaften abrupt durch eine Mauer getrennt wurden. Als sich junge Menschen durch waghalsige Fluchten die Freiheit wahren wollten, als sich 80-jährige Rentner aus dem vierten Stock in die Sprungtücher der Feuerwehr warfen und Kinder entgeistert durch den Stacheldraht in die andere Welt starrten.

Plötzlich kamen Frank seine Probleme läppisch vor. »Und du, Frank?«, fragte er sich. Du brauchst eine Auszeit, weil du dir ein gestresstes Leben eingerichtet hast! Weil deine Jagd nach Reichtum deine Energie auffrisst. Weil dich deine Anerkennungssucht zerstörend antreibt! Weil du nicht fähig bist, deine Prioritäten zu ordnen. Verwirrt trottete Frank ins Hotel zurück.

11

FRANK

Noch immer stand Franks Koffer mitten im Zimmer und wartete darauf, ausgepackt zu werden. Einpacken und auspacken empfand Frank als Strafaufgabe. Nichts widerstrebte ihm mehr, als vor einer Reise alle möglichen Situationen im Kopf durchzugehen und die Kleider zusammenzustellen. Auspacken empfand er als unnötig. Es gab schon Aufenthalte, da diente der am Boden aufgeklappte Koffer direkt als Kleiderschrank. Doch dieses Mal hatte er sich vorgenommen, wie ein zivilisierter Mensch seine Kleider auszupacken.

Lustlos, ja missmutig suchte er nach Ablagemöglichkeiten, als ihm ein kleiner, gelber Zettel auf dem Pult auffiel. Mit einem roten Stift war folgendes Auswahlfeld angekreuzt: »Bitte melden Sie sich an der Rezeption«, ergänzt durch einen Gruß mit nahezu unleserlicher Handschrift.

»Was? Außer Silvie weiß niemand, dass ich hier bin«, schoss es ihm durch den Kopf. »Wer wagt es, in meine Auszeit einzudringen?« Da undefinierbare Mitteilungen bei

Frank sofort ungute Gefühle auslösten, stieg er unvermittelt in den Lift und drückte auf den Knopf »Rezeption«.

Drei ältere Geschäftsmänner nahmen die Rezeption bereits in Beschlag. Sie waren beim Einchecken und diskutierten lautstark über die Zimmerzuteilung. Anhand ihrer Taschen, bedruckt mit Logos einer bekannten Fotomarke, war unschwer zu erkennen, dass sie ein gemeinsames Ziel hatten. Sie wollten die internationale Film- und Funkausstellung besuchen, waren aber offen für weitere Erlebnisse. Die Köpfe über einen kleinen Stadtplan gebeugt, ließen sie sich von der jungen Rezeptionistin über das Berliner Nachtleben informieren. Jeder passende Tipp wurde mit Gejohle und Abklatschen quittiert.

Endlich war Frank an der Reihe.

»Herr Frank Egger?«, fragte die Rezeptionistin. »Das wurde für Sie abgegeben.«

Sie reichte ihm ein kleines weißes Kuvert. Die Vorderseite zierte der Name »Frank Egger« und auf der Rückseite das kleine rote Logo von »Swiss«. Wie? Habe ich was vergessen? Wurde mein Rückflug umgebucht? Ohne zu warten, riss er mit seinem großen Zeigefinger das kleine Kuvert auf. Der überraschte Blick der Rezeptionistin sagte alles. Vermutlich hatte sie ihm eine solch spontane, unkultivierte Handlung nicht zugetraut. Hastig zerrte Frank ein weißes Kärtchen aus dem Umschlag. Die Botschaft zauberte nur ein Fragezeichen in sein Gesicht: ein von sorgfältiger Hand und mit blauer Tinte gezeichneter Smiley und die drei Ziffern »15C«.

Kurz darauf stand Frank wieder in seinem Zimmer und sah sich verwirrt um. Wer konnte das sein? Die Lady in Rot? Und woher kannte sie seinen Aufenthaltsort?

Er befreite sich von seinen wirren Gedankengängen und überwand sich, endlich sein Reisegepäck auszupacken. Erst jetzt fiel ihm auf, dass an seinem Handgepäck sein Adressetikett mit Namen, Hotel und Mobilnummer fehlte.

12

CLAUDE

Noch am späten Nachmittag spielte der seltsame Wandervogel mit dem wirren Lockenkopf auf der Weidendammer Brücke auf seiner Gitarre. Sein Repertoire war bescheiden. Es waren Songs von Johnny Cash, an die er sich erinnern und auf seiner Gitarre spielen konnte: *I Walk the Line*, *Ring of Fire*, *Jackson* und noch einige andere. Nach diesen begann er wieder mit dem ersten, in der Hoffnung, dass die vorbeieilenden Passanten seine Wiederholungsschlaufe nicht bemerkten.

Es war der Moment, an dem er bereute, seine geliebten Simon-and-Garfunkel-Songs nicht aufgefrischt zu haben. Mehr als 30 Jahre war es her, seit er am Lagerfeuer mit diesen Liedern begeisterte Kids unterhalten hatte. Zu lange, um sich an die Texte, geschweige denn an die Akkorde zu erinnern.

Mittlerweile hatte sich eine kleine Menschentraube angesammelt, um den Lockenkopf genauer zu betrachten. Denn in Armani-Jeans und weißem Leinenhemd hatte sich noch keiner auf dieser Brücke präsentiert. Und dazu noch ohne einen Obolus für sein Singen zu erbetteln.

Das Konzert endete abrupt, als ihn zwei Polizisten in blauer Uniform unterbrachen. Sie waren wegen der Menschenansammlung auf ihn aufmerksam geworden. Und eine Ansammlung von Menschen bedeutete in der Regel nichts Gutes.

Damit hatte der Lockenkopf nicht gerechnet. »Jetzt bleib cool, Claude«, redete er sich Mut zu, »du hast ja niemanden umgebracht.«

»Polizei, ihre Genehmigung, bitte!«, war die knappe Aufforderung. Man merkte, für sie war es Routine. Unzählige Male am Tag mussten Sie Bettler, Obdachlose und andere eigenartige Gestalten kontrollieren. Claude blinzelte treuherzig unter seinem weißen Wuschelkopf hervor. »Ihre Genehmigung, bitte!« Die zweite Aufforderung klang schon harscher. Unter den Zuhörern wurde unwilliges Gemurmel hörbar.

Claude zuckte nur mit den Schultern, als würde er nichts verstehen.

»Wo sind ihre Papiere? Ohne Genehmigung und Papiere müssen wir Sie mitnehmen«, schnurrte der eine. Er schien der Patrouillenführer zu sein. Aber Claude stellte sich weiterhin dumm. Es schien ihm die beste Strategie. Vielleicht würden die beiden Polizisten ihre Beute ja loslassen. Aber da hatte er sich getäuscht.

»Bitte stehen Sie auf und folgen Sie uns.«

Die beiden Polizisten fühlten sich genervt und vor der Menschenmenge bloßgestellt.

Als Claude provozierend sitzenblieb, packten ihn die beiden unter den Armen und stellten in auf die Beine. Die Proteste und Buh-Rufe der Umstehenden beeindruckten die Polizisten nicht. Mit stoischen Mienen verrichteten sie ihre Pflicht.

In der einen Hand die Gitarre, in der anderen sein klappriges Campingstühlchen und auf dem Rücken seinen Rucksack trottete er zwischen den beiden Polizisten in Richtung Polizeistation. Immer mehr leuchtete ihm ein, dass es ganz schön mutig oder eher unklug war, sich seinen Konzertplatz 300 Meter neben einer Polizeiwache auszusuchen.

Er wurde in ein kleines, kahles Zimmer geführt, in dem hinter einem Schalter nur der Haarschopf eines Beamten zu sehen war. »Manfred Schmidt« stand auf einem verblichenen Metallschild und »Personenkontrolle« auf einem Holzschild über der Flügeltür. Vor dem Schalter standen zwei abgewetzte Holzstühle, einer für ihn und auf dem anderen nahm einer der Polizisten Platz. Sie beäugten ihn, als ob er jeden Moment die Flucht ergreifen würde. Von einem der Schreibtische war das zögerliche Tippen auf einer Schreibmaschine zu hören. Es dauerte eine Ewigkeit, bis sich der Haarschopf die Zeit nahm und hinter dem Schalter auftauchte. Zwei Telefonate, ein Brief, eine Tasse Kaffee, ein Gang auf das WC und ein Gespräch mit einem hereinstürzenden Beamten hatten Vorrang.

»Ihren Ausweis«, fragte der Beamte im typischen Zwei-Wort-Satzsystem. Gelangweilt blickt er herum, doch im Innersten war er gespannt, welche kreative Ausrede er heute wohl zu hören bekommen würde. Vergessen, verloren, gestohlen oder zu Hause gehörten zu den Standard-Ausreden. Echt verblüfft und an seiner eigenen Intelligenz zweifelte er nur einmal. Da fragte ihn ein Festgenommener, ob er ihn denn nicht aus dem Fernsehen kenne. Er sei Günther Jauch und wollte Berlin mal aus einem anderen Blickwinkel kennenlernen. Er blieb bei seiner Behauptung und konnte ihm sogar den Jahrgang, Adresse und Telefonnummer aufzählen. Doch den Ausweis konnte er nicht zeigen. Er blieb so standhaft bei seiner Behauptung, dass der diensthabende Beamte einen fernsehgewohnten Kollegen vom Büro vis-à-vis bemühen musste, um die Behauptung zu widerlegen.

»Hier!«, sagte Claude in derselben eintönigen Art, dass der Beamte überrascht aufblickte. Zum einen war er erstaunt, dass der Sänger einen Ausweis hervorzaubern konnte und zum anderen über den Ton, der ihn verblüffend an seinen Chef erinnerte.

Es dauerte 18 Minuten, bis sich der Beamte durch die Identitätskarte hindurchgearbeitet hatte. Zehn Minuten für die Vorderseite und acht Minuten für die Rückseite.

Claude Kissling, 23.10.58, Riehen, Bürgerort Altdorf.

Weder auf den Einreiselisten des Innenministeriums, noch auf den Fahndungsseiten der Bundesdeutschen Kriminalpolizei, noch auf den Seiten des Finanzamts oder Interpol war der Name oder irgendein Hinweis zu finden.

»Komischer Vogel«, dachte der Beamte. »Kein Eintrag, kein Suchbefehl, Armani-Jeans und versucht auf der Weidendammer Brücke zu betteln.« Vorschriftsgemäß tippte er Namen und Personalien in ein amtsinternes Formular und wühlte unter einem Stapel ein Merkblatt hervor.

»Dies zu ihrer Information ...«, murmelte er vor sich hin und kramte einen Flyer der Straßenordnung von Berlin hervor. Mit einem gelben Marker strich er den Abschnitt »Straßenmusik« an und reicht ihn Claude über die Theke. Mit »Bitte lesen. Auf Wiedersehen!« setzte der Beamte der Untersuchung ein Ende.

13

FRANK

Immer wieder drehte Frank dieses kleine Kuvert von der Vorderseite auf die Rückseite und wieder zurück. 15C? Wieso wollte sich die Dame am Empfang nicht an den Überbringer erinnern? Sie meinte nur, ein Fahrradkurier hätte das Kuvert überbracht.

Missmutig griff er in den Koffer, um seine Siebensachen irgendwo zu verstauen. Zuoberst lagen die drei Bücher, die er nach seinem gewohnten System ausgewählt hat: eines für sein Wissen, eines für die Seele, eines fürs Gemüt. Das war seine Technik, um seinen Entscheidungsschwierigkeiten auszuweichen. Er nahm den schmalsten Band zur Hand und studierte den Titel: *Mehr Gelassenheit in sieben Tagen.* Das war genau das, was er jetzt brauchte. In sieben Tagen zu mehr Gelassenheit zu kommen. Geschafft hatte er es noch nie, darum war das Buch sein treuer Begleiter geblieben. Es hatte ihn schon auf vielen Reisen begleitet. Jedes Mal hatte er sich vorgenommen, dem Buch seine volle Aufmerksamkeit zu widmen. Und jedes Mal hatte er konzentriert mit Lesen begonnen, dann aber nie durchgehalten. Mehr als die Hälfte der Seiten waren noch unberührt. Doch diesmal würde alles anders sein. Das spürte er genau.

Der Klingelton seines iPhones brachte ihn in den Alltag zurück. Das vertraute »Riiing« der uralten Telefone gefiel ihm. Seine Vorliebe zu Traditionen und Kitsch konnte er nicht leugnen. Das Bild auf dem Display war ihm bestens vertraut: Silvie, seine Frau. Kaum war er weg, kamen bereits die ersten Nachfragen: »Alles o.k.? Gut gelandet? Wie bist du ins Hotel gekommen? Wie sieht dein Zimmer aus? Hast du schon jemand getroffen? Wie ist das Wetter? Was hast du gegessen? Vermisst du mich? Wann kommst du zurück?« Silvie ... auch in diesem Punkt wollte er in seinen Gefühlen Klarheit verschaffen.

Es war der erste Abend seit langer Zeit, dass sich Frank ohne Begleitung auf die Suche nach etwas zu essen begab. Viel anders waren seine Absichten zunächst auch nicht. Er hatte keine besonders hohen Erwartungen. Aber sich in einem schummrigen Lokal zu verstecken oder auf dem Gehweg irgendwelches Fastfood zu verdrücken, nein, so unkultiviert stellte er sich seinen ersten Abend nun doch nicht vor.

Nach einer halben Stunde, in der er unentschlossen umherirrte, stand er vor dem Gaffel-Haus, der Berliner Dependance eines traditionellen Kölner Brauhauses. Geschaffen, damit sich die Politiker aus dem Rheinland in Berlin wohlfühlten. Eine Stehtafel am Bahnhof Friedrichstraße hatte ihn dorthin gelotst. Genauer gesagt der Hinweis: »Gaffel-Haus Berlin – Kölsches Konsulat«, ein Widerspruch? Immerhin versprach es traditionelle deutsche Küche, also nichts wie hin. Das Lokal schien überfüllt, als ihn beim Eingang ein Kellner musternd fragte: »Alleine?«, was Frank nicht zu verleugnen brauchte. Es war offensichtlich. Ein bisschen mehr Taktgefühl einem Single gegenüber hätte er sich schon gewünscht.

Zwei Minuten später saß Frank im hinteren Teil des Lokals am letzten freien Tisch mit einer riesigen Menükarte in der Hand. Das Bier wurde perfekt kühl, aber mit weniger Stil serviert als auf dem Plakat angekündigt. Er brauchte ein zweites, bis er sich langsam mit der knorrigen Berliner Gastfreundschaft zurechtfand.

Der Lärmpegel im Lokal war hoch. Eine Reihe von Bildschirmen über der Bar, die Ausschnitte aus dem Spieltag der Bundesliga zeigten, lösten bei den stämmigen Biertrinkern Jubel oder Frustration aus.

Als Frank sich gerade einen Überblick der laufenden Spiele verschaffen wollte, hörte er hinter ihm die Stimme des Kellners: »Bei diesem Herrn ist noch ein Platz frei!« Und ehe er die Situation richtig erfasste, saß eine aufgebrezelte Dame mittleren Alters an seinen Tisch. Schon wollte Frank den Stuhl neben sich für ihre Begleitung frei räumen, da meinte sie freundlich lächelnd: »Lassen Sie nur, ich bin alleine.« Aha, wenn gemäß Statistik über 40 Prozent der Menschen als Single leben, müssen diese ja irgendwo in der Öffentlichkeit auftauchen. Und jetzt saß bereits am ersten Abend eine solche Single-Dame an seinem Tisch. Zwar durch den Kellner zugeteilt, aber immerhin. Jetzt fehlte nur noch, dass ein aufdringlicher Rosenverkäufer diese Platzierung als Date interpretierte.

Frank bemerkte schnell, dass der Sitzplatz für die Dame nicht angenehm war. Ihr Stuhl stand direkt im Hauptservierdurchgang der Kellner. Ihre abenteuerlich balancierten Tabletts waren eine akute Gefahr für ihr geblümtes Kleid. Als Mann mit Knigge-Manieren störte sich Frank immer an den Herren von Welt, die im Restaurant den besseren Platz für sich beanspruchten und darauf wie kleine Könige thronen. Gleichberechtigung hin oder her, über zuvorkommende Behandlung konnte sich Silvie nie beklagen. So bot ihr Frank kurzerhand einen Platztausch an und freute sich, dass sie diesen dankend mit einer Bemerkung, aus der er das Wort »Gentleman« heraushörte, annahm.

Erst als sie sich umplatziert hatten, realisierte Frank, dass die Sportschau nun in seinem Rücken lief. Der Kellner brauchte etwas länger, bis er den Platztausch bemerkte. Er schien nur auf den Platz und nicht auf die Gesichter der Gäste programmiert. Jedenfalls stellt er den Gaffel-Salatteller direkt vor Franks Gegenüber.

»Dumm gelaufen, äxgüsi«, sagte Frank lächelnd, als sie ihm den Salatteller über den Tisch reichte. Aus ihrer erstaunten Mimik glaubte er zu lesen, dass sie ihm eher ein XXL-Steak mit Pommes frites zugetraut hätte. Mit ihrer Bemerkung »Ohh, was für ein schöner Salat!« war die Konversation eröffnet und es mit seiner Ruhe vorbei.

Eine halbe Stunde später wusste Frank, dass sie aus München kam, auf der Funkausstellung als Beraterin bei Sony tätig war, heute ihren freien Abend hatte, glücklich geschieden war, einen erwachsenen Sohn und eine verheiratete Tochter hatte, gerne Großmutter wäre, Tennis spielte, jede Woche zweimal joggte und dabei Helene Fischer hörte, die freien Abende am liebsten in ihrem Appartement in München verbrachte, viele Freunde hatte und manchmal von den Männern enttäuscht wurde. Nach dem dritten Glas Rotwein erzählte sie Frank im Vertrauen, dass sie im Internet bei *Elitepartner*, der Plattform für kultivierte Singles, angemeldet war, den Richtigen aber noch nicht gefunden hatte.

Inzwischen war Frank das Fußballspiel im Fernsehen gleichgültig geworden. Solch spontane Intimitäten war er nicht gewohnt. »Oh, entschuldigen Sie, jetzt habe ich Sie mit meiner ganzen Geschichte aufgehalten. Und was machen Sie? Übrigens, ich heiße Anja.«

Diese Frage musste ja spätestens nach ihrem Partnersuch-Bekenntnis kommen. Der Instinkt empfahl Frank, seine Identität zu vernebeln, was ihm keineswegs schwerfiel. Plötzlich war auch er geschieden, hatte in Zürich ein erfolgreiches Architekturbüro mit zwölf Mitarbeitenden, besaß eine kleine Niederlassung in Berlin, war geschäftlich öfters hier oder auch in München bei seinen Kunden. Er erzählte von seinem Interesse an Geldanlagen und der Börse, sein Golfhandicap war plötzlich bei zwölf, und dass sein Audi Q7 in Zürich am Flughafen stand. Aber Großvater sei er nicht. »Wow, da habe ich mir wirklich einen tollen Frank konstruiert«, dachte er bei sich. Ob das wohl schon die ersten Resultate seiner Auszeit waren?

»Hallo Anja-Schätzchen, da bist du ja, ich habe dich gesucht!«, ertönte plötzlich eine Männerstimme hinter Frank. Ein Schatten huschte an ihm vorbei und gab seiner Tischnachbarin einen Begrüßungskuss, geradewegs auf ihre roten Lippen. Frank beachtete er nicht. »Komm, Inge und Holger warten im Auto, wir haben im Beach Golden Club am Kurfürstendamm eine Loge reserviert«, sprach er, legte das Geld auf den Tisch und zog Anja hoch und zur Tür. Ohne weitere Erklärungen konnte sie Frank nur noch mit verdrehten Augen mit der Hand ein Abschiedsküsschen zuwerfen.

Frank wechselte wieder den Platz, bestellte ein weiteres Bier und schaute entgeistert auf die soeben begonnene Carmen-Nebel-Show auf den Bildschirmen.

Zwei Stunden später saß er ernüchtert auf seinem Hotelbett, den Laptop auf den Knien und überflog seine E-Mail-Eingänge. Einer davon passte nicht in seine Erwartungen: Pirmin.

---

pirmin.deville
> frank.egger, dominik.vonlanthen, marco.gentile
19:05 Uhr
Betreff: Warum ich?

Hallo IQ4,
die OP ist überstanden. Ich liege im Krankenhaus!!!
Aber es geht mir mieser als zuvor.
Warum höre ich nichts von euch? Habt ihr die Sprache verloren?
Gruß
Pirmin

---

frank.egger
> pirmin.deville
21:52 Uhr

Hi Pirmin,
ich sitze hier in einem Hotelzimmer in Berlin und habe mir eine Auszeit verordnet. Was ich mir schon seit Jahren vorgenommen hatte, aber nie umgesetzt habe. Alles war immer wichtiger. Und jetzt hab ich's gemacht. Bin noch immer schockiert, total. Noch heute glaube ich, es wäre alles nur ein böser Traum. Leider nicht. Die krasse Wende in deinem Leben ließ auch meine Situation implodieren. Es herrscht pure Ratlosigkeit

in meinem Hirn, in meinem Leben, in meiner Zukunft, überall. Alles ist durcheinander, als wenn eine Bombe in einer Bibliothek eingeschlagen und alle Bücher zerfetzt hätte. Und die Seiten der noch intakten Bücher sind weiß, unbeschrieben. Meine Gefühlswelt ist total durcheinander, schon ein roter Blazer lässt sie abstürzen.
Was kann ich für dich tun, lieber Kumpel? Lass es mich wissen.
Alles Gute
Frank

••••••••••••••••••••••••••••••••••••

pirmin.deville
> frank.egger
22:30 Uhr

Hi Frank,
wenn du mich sehen könntest, es ist kein böser Traum! Den würde ich gerne akzeptieren. Nein, es ist pure Realität.
Ich liege hier im Krankenhaus, vollgepumpt mit Medikamenten. Mein Geist schwebt zwischen hier und nichts.
Die Operation ist vier Tage her. Erfolgreich, meinen die Ärzte, was das auch immer heißen mag. Die ersten Schläuche wurden gezogen, was das Liegen wieder einigermaßen erträglich macht.

Wie es mir geht? Ehrlich gesagt, beschissen.
Warum tue ich mir das alles an? Damit aus den prognostizierten sechs, vielleicht sieben oder acht Monate werden? Neben dem körperlichen Leid kommt noch der seelische Schmerz dazu. Fühlt sich so Sterben an? Dann wird es die Hölle werden …
LG
Pirmin

••••••••••••••••••••••••••••••••••••••

frank.egger
> pirmin.deville
22:53 Uhr

Hallo lieber Pirmin,
nein, ich kann es mir tatsächlich nicht vorstellen. Ich weiß nicht, wieso ich auf meine Probleme abgeschweift bin, ich wollte mich nur nach deinem Befinden erkundigen und wiederholen, dass du auf mich zählen kannst. Ich weiß allerdings nicht wie.
Im Moment fühle ich mich wie im falschen Film. Am Nachmittag saß ich auf einer Bank in einem kleinen Park. Rechts von mir saßen zwei frustrierte Arbeiter, lästerten über die Nachbarn, verfluchten ihre Chefs, ereiferten sich über Hartz IV, polterten über die Ausländer und verwünschten Merkel und die ganze Regierung tief in den Urwald. Zwei Typen, frustriert, neidisch, motivationslos, aber G E S U N D.

Verrückt. Die Welt ist einfach verrückt! Wie doch die Prioritäten im Leben verkannt werden. Ich kann es nicht einordnen.
Frank

....

pirmin.deville
> frank.egger
23:18 Uhr

Hi Frank,
... ist ja auch nicht wirklich ein Trost.
Die kleine Hoffnung, die ich in den zwei Wochen vor der Operation schöpfte, ist wieder verschwunden, und die Wahrheit zeigt sich an meinem Körper. Zerschnitten, zugenäht, schwach und nur durch Medikamente überhaupt noch funktionsfähig. Er ist mir total fremd. Mein Hirn funktioniert nur noch, weil es keine Muskeln braucht. Judith, meine Krankenschwester und mein wahrer Engel, prophezeit mir zwar schnelle Erholung. Für was? Ich fühle mich, als wäre ich von einem warmen Strand in eine eisige Gletscherspalte verlegt worden. Kalt und hoffnungslos.
Judith meint, ich solle jetzt mein iPad beiseitelegen und mich ausruhen ...

14

CLAUDE

Als Claude aus der Polizeistation wieder auf die Straße trat, war es dunkel und die Uhr am Friedrichstadtpalast zeigte eine Stunde vor Mitternacht. Er freute sich, dass statt Gefängnisluft eine frische Brise über sein Gesicht strich. Mit dem ächzenden Ton, mit dem hinter ihm die schwere Eichentür der Polizeiwache zufiel, schloss auch Claude den Tag um ein Kapitel erfahrener ab.

Es war der dritte Tag seiner Auszeit, in der Claude die Welt als Bettler, Weltenbummler oder Aussteiger erleben wollte. Nachdem er mit dem Flugzeug in Berlin angekommen war, hatte er all seine Kreditkarten, sein Mobiltelefon und bis auf einen Notgroschen sein ganzes Bargeld in ein Kuvert gepackt und nach Hause geschickt. Nur seinen Personalausweis wollte er bei sich behalten. Und der hatte ihm nun erwiesenermaßen einigen Ärger und eine Nacht im Gefängnis erspart.

Naiv und unerfahren war er in sein Aussteiger-Abenteuer gestartet. Sein Leben ließ ihm keine Zeit, sich lange auf seine Auszeit vorzubereiten. »Learning by Doing« war seine Devise. Schritt für Schritt wollte er sich an das neue Lebensgefühl herantasten. Dass auch das Leben auf der Straße von Vorschriften, Verboten, Paragrafen und Gesetzen geregelt wurde, musste er zuerst lernen.

Die erste Nacht im Tiergarten war völlig misslungen. Viel zu hoch waren seine Ansprüche an ein Nachtlager. Immer, wenn er etwas Passendes gefunden hatte, war in der Nähe ein Verbotsschild, das ihn wieder vertrieb: »Zelten, offenes Feuer und Aufenthalte über drei Stunden verboten.« So dämmerte bereits der Morgen, als er sitzend und fröstelnd auf einer Parkbank einschlief. Die Trageriemen des Rucksacks legte er um beide Arme und die Gitarre band er mit einem Lederriemen an seinem Gürtel fest. »Sicher ist sicher«, dachte er sich.

Erst durch eine lärmige Laubkehrmaschine wurde er geweckt. Es war bereits neun Uhr, aber er war stolz, die erste Nacht unbeschadet überstanden zu haben. In der Nahrungsbeschaffung war Claude noch ein Greenhorn. Seine morgendliche Lust auf einen frischen Kaffee hatte sich noch nicht seinem neuen Leben angepasst. Also griff er bereits am ersten Morgen auf seinen Notgroschen zurück, um sich einen Kaffee zu gönnen. Aber kaum hatte er diesen getrunken, bereute er seinen Entschluss schon wieder.

Auf die zweite Nacht wollte er sich besser vorbereiten. Ab der Mittagszeit versuchte er, mit anderen Augen durch die Stadt und durch die Kieze zu laufen. Überall spähte er nach geeigneten Schlupfwinkeln und Verstecken. So langsam spürte er, dass sich auch sein Instinkt auf die neue Lebenssituation umstellte und ihn zu einem geeigneten Schlafplatz in einer alten, stillgelegten Brauerei führte. »Es geht doch«, dachte er zufrieden.

Entspannt setzte er sich wenig später in einem nahegelegenen Park auf die Wiese, packte seine Gitarre aus und spielte einige Akkorde, an die er sich noch erinnerte. Genauso hatte er sich seine Auszeit vorgestellt – zeitlos, mittellos und ziellos. Mit zunehmender Dunkelheit vergrößerte sich die Gruppe von Jugendlichen, die sich in seiner Nähe niedergelassen hatte. Plaudernd, trinkend, rauchend oder kiffend lauschten sie seinem immer harmonischer werdenden Saitenspiel.

Die nahe Kirchenuhr schlug zwölf, als er beschloss, seinen Unterschlupf aufzusuchen. Die abbruchreife Brauerei präsentierte sich bei Nacht völlig anders, gespenstisch und unheimlich. Er fühlte sich eigenartig, als er wie ein Schatten auf sein Versteck zumarschierte. Seine auserwählte Nische war vom Hinterhof über eine abgewetzte Steintreppe erreichbar. Er war sicher, dass sich kein Mensch an diesen verlassenen Ort verirren würde.

Er schaute sich um, ob ihm niemand gefolgt war und blieb einen Moment stehen, um nach verdächtigen Geräuschen zu lauschen. Außer dem Jammern eines Käuzchens und dem Scheppern eines losen Fensterladens schien ihm nichts auffällig. Und dennoch fühlte er sich unbehaglich und ängstlich, als er über die vermooste, abgenutzte Steintreppe zu seinem Versteck hinaufstieg. Ein ungewisses

Gefühl signalisierte ihm die Nähe von Menschen. Sein vorgesehenes Nachtlager war schon besetzt! Zwei dunkle Gestalten hatten seinen Platz bereits in Beschlag genommen.

»Hau ab! Verschwinde, aber sofort«, zischte die eine Gestalt, griff nach einem Holzstock und machte eine drohende Bewegung. Die andere lag einfach da, einen Arm unter dem Kopf angewinkelt, der andere bedeckte die Augen. Dem Geruch von Alkohol nach war diese nicht mehr fähig, auch nur ein Wort zu sprechen. Einen Moment lang überlegte Claude, die beiden zu vertreiben. Ob die beiden wirklich alleine waren? Er konnte es nicht abschätzen. Entmutigt stieg er rückwärts wieder die Treppe hinunter. Auch diese Nacht verbrachte er sitzend auf einer Parkbank.

Und jetzt stand ihm die dritte Nacht bevor. Den ganzen Tag saß er im Park, völlig unmotiviert, sich ein Nachtlager zu suchen. Erst spät am Abend raffte er sich auf, auf Glück und Zufall hoffend. Ziellos irrte er in der Stadt umher. Sein Mut und seine Zuversicht verließen ihn langsam. Einmal mehr stand er an einer Straßenkreuzung in einem trostlosen Kiez und stellte sich wiederholt die Frage: nach links oder rechts? Er entschied sich für links. Die Erfahrung der letzten zwei Tage lehrte ihn, je weniger Licht, umso größer die Chance auf einen ruhigen Unterschlupf. Und tatsächlich fand er hinter einer Kirche eine Nische, notdürftig mit einigen Brettern errichtet. Der Weg durch den kleinen Friedhof war ziemlich gespenstisch und makaber. Dennoch war er froh um ein Nachtlager, hockte sich ziemlich erschöpft in die Ecke und lehnte sich an seinen prallvollen

Rucksack. Dessen Inhalt kam ihm lächerlich vor, wenn er an die Ereignisse der letzten Tage dachte. Jogginghose, Zahnbürste, ein Buch, Ersatzwäsche, Regenschutz, Pullover, ein Messer. Höchstens die Taschenlampe könnte ihm noch gute Dienste erweisen.

Als die Turmuhr über seinem Kopf dröhnend vier Uhr schlug, hatte er sich mit seiner Ecke angefreundet. Er legte sich auf das steinige Pflaster, mit einem Arm in den Trägern seinen Rucksack sichernd, und schlief ein.

15

CLAUDE

Am nächsten Morgen wurde Claude durch einen heftigen Stoß in die Rippen geweckt. Reflexartig griff er nach seinem Rucksack und seiner Gitarre, als er in ein zerfurchtes Gesicht schaute, halb verdeckt von einer verfilzten Wollmütze und einem riesigen, wallenden Bart. Eingehüllt in einen alten Militärmantel lag diese ältere kuriose Gestalt neben ihm und sah ihn feindlich an. Hatte Claude ihm sein Nachtlager geklaut?

Die Furchen in seinem Gesicht, das strähnige Haar, der penetrante Gestank und die gelben Fingernägel mit den braunen Rändern machten deutlich, dass dieser Mann schon öfter im Freien geschlafen hatte als Claude.

Plötzlich wurde Claude bewusst, dass auch seine letzte Dusche schon einige Tage zurücklag, die Zahnpasta noch versiegelt und das ursprüngliche Weiß seines Hemdes von allerhand Schmutz und Straßenruß kaum mehr erkennbar war. Überhaupt, sein Hemd kam ihm lächerlich vor, aber was seit Jahren sein Markenzeichen gewesen war, wollte er auch auf seiner Ich-Reise nicht missen. Er überlegte, sich sein dunkelblaues Lacoste-T-Shirt anzuziehen. Doch so weit kam er gar nicht. Der Typ neben ihm regte sich.

»Verdammt, du hast meine Ecke geklaut, du elender Fremdling! Hau ab!«, schnauzte der Bärtige ihn mit krächzender Stimme wütend an, während er sich langsam mit den Armen abstützte und sich aufrichtete. Jetzt wurde Claude bewusst, dass er einen Langzeit-Obdachlosen vor sich hatte.

Claude war definitiv in der anderen Welt angekommen. Die Konversation mit Obdachlosen war ihm völlig fremd. Noch nie im Leben hatte er sich um deren Blickwinkel bemüht, geschweige um deren Alltag.

Der Bärtige richtete sich ganz auf und lehnte sich stöhnend an die Rückwand der Nische. Mit dem Rücken seiner schmutzigen Hand wischte er sich einen Tropfen von der Nase. Außer der Wolldecke und zwei gelb-blauen vollgestopften Tragetaschen eines großen Einrichtungshauses hatte er nichts dabei.

Mit grimmigen Augen musterte ihn der Bärtige.

»Was machst du hier, du ... du fieser Eindringling? Verschwinde, sonst kriegst du Ärger!«, drohte er leise ein weiteres Mal in fast unverständlichem Dialekt. Seine Lippen bewegten sich kaum. Claude starrte ihn an. Wie sollte er reagieren? Zwar fühlte er sich dem Bärtigen überlegen, aber seine Alarmglocken schrillten noch immer heftig.

»Keine Panik, ich bin mitten in der Nacht nach langem Herumirren zufällig auf diese Nische gestoßen«, wollte

Claude sich erklären. »Die Bullen haben mich aus dem Park gejagt. Und dann musste ich mir ein Nachtquartier suchen.«

Der Bärtige ließ sich nicht beeindrucken.

»Nimm dich in Acht, wenn du dich hier herumtreibst, Fremder«, drohte er. »Du bewegst dich auf verdammt gefährlichem Terrain!« Der Bärtige brauchte einige Zeit, bis er diesen Satz hervorgestammelt hatte. Mit dem Zeigefinger fuchtelte er in der Luft und versuchte, dem Inhalt mehr Gewicht zu geben. Und nach einer langen Pause: »Du schläfst auch nicht in Wohnungen, die dir nicht gehören.«

Ein Vergleich, der Claude völlig absurd vorkam. Dass der Bärtige diese kalte windige Ecke als Wohnung und dazu noch als seine bezeichnete, dazu braucht es einiges an Vorstellungsvermögen.

Claude reichte dem Bärtigen eine Zigarette. Der konnte trotz anfänglichen Zögerns dem Angebot nicht widerstehen. Claude glaubte sogar kurz, einen Glanz in seinen Augen zu sehen.

Mittlerweile war es hell geworden und Claude konnte zum ersten Mal feststellen, in welchem erbärmlichen Schlupf er sich niedergelassen hatte. Es ähnelte einem alten, offenen Geräteschuppen, einseitig angebaut an eine rote Backstein-Kirchenmauer. Ein durchlöchertes Wellblechdach bot notdürftig Schutz gegen Regen und an der Rückwand lehnten ein paar ausgeleierte, mit Spinnennetzen behangene Gartenwerkzeuge. Von oben ertönte jede Viertelstunde die Kirchturmuhr, zur vollen Stunde gegen Morgen mit immer mehr Schlägen. Claude fragte sich ernsthaft, wie er den Weg durch den kleinen Friedhof hierher überhaupt gefunden hatte.

Der Bärtige hatte sich etwas beruhigt. Claude musterte ihn. Noch nie hatte er eine so verwahrloste Person gesehen. Sein Gesicht war eingefallen und vor lauter Bart kaum erkennbar. Sein Körper ausgemergelt und schwach. Seine Kleider ausgeblichen und zerrissen. Seine Schuhe ausgelatscht und zerlöchert. An einem fehlten die Schnürsenkel. Die ganze Erscheinung war einfach trostlos. Claude fragte sich, was man als 70-jähriger Obdachloser noch vom Leben erwarten konnte.

Der Bärtige wurde etwas wacher und gesprächiger.

»Fremder, was machst du hier in deinen schicken Klamotten?«, wollte er wissen und zeigte auf das Lacoste-Shirt, das Claude noch immer in den Händen hielt. Der Bärtige konnte sich nicht erinnern, so etwas je gesehen zu haben. Claude überlegte, was er antworten sollte. Dann überreichte er es ihm wortlos. Die letzten drei Tage Straßenleben hatten ihm bereits die ersten Lektionen erteilt. Er war vorsichtig und misstrauisch geworden. Er erzählte dem Bärtigen etwas von Durchreise, dass er im Leben gescheitert war, dass er ohne Geld und nur mit seiner Gitarre die Welt bereisen wollte, dass er bereits drei Monate unterwegs war und vermutlich noch weitere sechs Monate. Aber mittlerweile war er pleite und darum in diesem Unterschlupf gelandet. Claude fühlte sich mit seiner Geschichte richtig wohl und glaubte, dem Bärtigen zu imponieren. Doch dieser schüttelte nur den Kopf und brummelte etwas von »Spinner« und »Anfänger«, der die Realität schon noch kennenlernen werde.

16

CLAUDE

Mit der zweiten Zigarette wurde der Bärtige zugänglicher. Er hatte erkannt, dass Claude ein harmloser Vagabund war. Sein grimmiges Gesicht entspannte sich und er begann, in seinen Taschen zu stöbern. Es dauerte eine Weile, bis er fand, was er gesucht hatte: Ein altes, hartes Stück Brot, das er in kleine Stücke zerbrach und langsam zu essen begann.

Der Bärtige sah, dass Claude ihm mit Erstaunen zuschaute.

»Auf der Straße wird man bescheiden«, erklärte dieser mit resigniertem Schulterzucken. »In Berlin lebt jede Hauskatze komfortabler und muss sich nicht um ihre Nahrung kümmern!«

Wieso der Bärtige plötzlich gesprächig wurde, erschloss sich Claude nicht. Vielleicht war es die dritte Zigarette und das wärmende Gefühl des inhalierten Rauchs, die ihm seine Zunge lockerten. Erst zögerlich und mit großen Pausen, als müsste er seine Geschichte erst noch erfinden, fing er zu erzählen an.

Aber sollte Claude ihm glauben? Oder wollte der Bärtige ihn auf die Schippe nehmen? Es war die Standardgeschichte, wie sie Tausenden von Menschen widerfuhr.

Viele Jahre träumte der Bärtige von einem ruhigen, beschaulichen Leben. Er wollte seinen fordernden, stressigen Managerjob gegen mehr Familienleben, Freizeit und Vergnügen tauschen. Doch er war unfähig, etwas zu ändern. Der Zeitpunkt war immer ungünstig, die finanziellen Einbußen untragbar. Bis das Schicksal sein Leben veränderte. Schlaganfall, Burnout, Alkohol, Entlassung, arbeitslos, Geldprobleme, Scheidung, Gerichtsvollzieher, Rauswurf aus der Wohnung und erste Nacht auf der Straße. Und seit mehr als 20 Jahren lungerte er desillusioniert durch Berlin, immer auf der Suche nach Nahrung und einem Unterschlupf. So wie alle anderen 6.000 Obdachlosen in Berlin.

Eine Unterstützung vom Staat erhielt er nicht, wollte er auch nicht. Anonymität war für ihn Freiheit. Öffentlichkeit war für Obdachlose ein rotes Tuch. Sobald man sich irgendwo zu erkennen gab, war man unter Aufsicht und Kontrolle.

Inzwischen hatte er sich an sein Leben gewöhnt. Jeder Tag glich dem anderen. Tagsüber schlurfte er durch die Stadt und besuchte seine verlässlichen Nahrungsmittelquellen. Montags und donnerstags stand er stundenlang beim Lieferanteneingang vom Hotel Monrose. Dort wusste er, dass ihm Marco, der Küchengehilfe, in einem Karton die

Pizzareste des Tages zuschob. Im Laufe des Mittwochnachmittags schleuste er sich in die bewachte Anlieferungsgarage des KaDeWe ein und wartete geduldig in einer Nische, bis am späten Abend die Container mit den abgelaufenen Lebensmitteln in die Tiefgarage geschoben wurden. Bevor die städtische Müllabfuhr kam, bediente er sich an den prallvollen Containern mit Küchenabfällen und Speiseresten. Und samstags und sonntags durchsuchte er die Papierkörbe im weitläufigen Tiergarten, weil nach den üppigen Picknicks diese mit Speiseresten überfüllt waren. Nachts zog er sich zurück in einen seiner Unterschlüpfe, die sich alle in seinem angestammten Revier befanden.

Darum war er an diesem Abend aufgebracht gewesen, als er den schlafenden Claude an seinem Unterschlupf vorgefunden hatte. Alles, was seinen geordneten Alltag störte, machte den Bärtigen nervös.

17

CLAUDE

Einmal in der Woche zeigte sich der Bärtige im Obdachlosenkeller einer nahegelegenen Kirchgemeinde. Dort konnte er sich aufwärmen und einen heißen Kaffee trinken. Der Ort war beliebt bei den Obdachlosen, weil er schwer zugänglich und nur wenigen bekannt war. Vor allem aber boten ihnen die Priester Anonymität und Sicherheit vor der Polizei und den Behörden.

Auch an diesem Mittwoch wollte der Bärtige nicht auf seine Gewohnheit verzichten. Außerdem fröstelte es ihn und die Aussicht auf den heißen Kaffee war verlockend. Aber er wollte den seltsamen Fremden nicht allein in seinem Unterschlupf zurücklassen. Wer wusste schon, was der womöglich im Schilde führte.

»Komm!«, sagte deshalb der Bärtige. »Komm mit!«, wiederholte er, stand mühsam auf, ergriff seine Papiertaschen und schlurfte auf dem Kiesweg zwischen den Gräbern hindurch Richtung Friedhofstor. Weitere Erklärungen waren dem Bärtigen nicht zu entlocken. Also packte auch Claude seine Siebensachen, schulterte den Rucksack und die Gitarre und trottete hinter dem Bärtigen her, ohne genau zu wissen, wohin. Doch seine Neugier war größer als das Misstrauen gegenüber dem unbekannten Ziel.

Der Bärtige führte ihn von der Kirche weg, durch zwei schmuddelige, enge Gassen, an stinkenden Hausecken vorbei und stieg dann bei einem unscheinbaren Kellereingang zwei Treppenstufen hinunter, wo er an eine alte Holztür klopfte.

Der Raum war dunkel und düster, aber recht voll. In einer Ecke war eine kleine Theke aufgebaut. Mindestens 40 Augenpaare glotzten Claude an, als er hinter dem Bärtigen den Raum betrat. Doch mehr als ihm galt die Aufmerksamkeit offenbar dem Bärtigen.

»He, wie kommst du denn daher? Hast du einen Kleiderladen ausgeraubt?« Alle grölten und hauten sich auf die Schenkel und Schultern. Claude fand es nicht gerade beruhigend, als der Bärtige auf ihn zeigte. Das dunkelblaue Lacoste-Shirt passte zum Bärtigen wie die Faust aufs Auge. Aber dies war dem Bärtigen egal, obwohl er nun als Bettler-Model gefoppt wurde.

»Na, hast wohl einen reichen Sponsor gefunden? Da muss irgendwo Kohle wachsen …«, spöttelten die Gestalten.

Claude fühlt sich nicht sehr willkommen. Er spürte, wie die Stimmung umschlug, seit er mit der Gitarre auf der Schulter mitten im Raum stand und von allen begafft wurde. Doch im Schlepptau des Bärtigen schien er zum Eintritt berechtigt.

Langsam legte sich das Gemurmel über den Neuling, der so gar nicht in ihre Gesellschaft passte. Der kühle Raum ließ Claude frösteln. Langsam schlürfte er den heißen Kaffee, den er sich an der Theke bei dem kleinen Mann mit der schwarzen Robe geholt hatte. Ein hölzernes Kreuz an einer Holzkette baumelte bei jeder Tätigkeit über seinem Gewand hin und her und verriet seine christliche Gesinnung.

Der Bärtige wurde von den anderen Obdachlosen »Henze« genannt. Er schien nicht irgendwer zu sein. Die Bettler gruppierten sich um ihn herum und hörten ihm aufmerksam zu. Nur wenige blieben an ihren Tischen sitzen. Claude konnte nur Wortfetzen verstehen, die der Bärtige in seinem Berliner Dialekt von sich gab. Konnten seine Informationen tatsächlich so bedeutend sein, dass sie seinen Zuhörern immer wieder ein erstauntes »Ahhh« und »Ohhh« entlockten?

Als der Bärtige seinen Sitzplatz immer wieder wechselte und sich immer weiter von ihm entfernte, stand Claude auf. Er bedankte sich beim Kirchenmann für den Kaffee, was dieser mit einem herzlichen »Vergelt's Gott, bleib gesund!« beantwortete, winkte kurz dem Bärtigen zu und schloss die Tür hinter sich. Obwohl er eher angefeindet wurde, fühlte er sich nach dem Besuch dieses Treffpunkts in der Szene angekommen.

Als er wieder auf der Straße stand, merkte er, dass sein Portemonnaie fehlte.

18

FRANK

Am nächsten Morgen schien die Sonne direkt auf Franks Bett. Die gestrigen Anlaufschwierigkeiten waren vergessen und er war bereit, seine Checkliste »Der Weg zum neuen Frank« abzuarbeiten. 23 Zeilen blickten Frank aus seinem iPad entgegen. Er stellte sich bereits vor, wie befreit, leicht und beschwingt er sich nach dem Abarbeiten dieser Punkte fühlen würde. Nichts würde ihn mehr aus dem Lot hauen, kein Sturm würde ihn mehr umblasen, keine Zukunft mehr ängstigen und keine Arbeit beunruhigen. Nicht umsonst hatte er sich genauestens vorbereitet und darüber gebrütet, wie er seine Auszeit erfolgreich gestalten konnte. Und das wollte er jetzt umsetzen.

Doch wo sollte er beginnen? Etwas unschlüssig schaute er auf seine Liste. Punkt 4, »Sortieren des Fotowirrwarrs in der Bilddatenbank«, verschob er auf einen regnerischen Tag. Zu sonnig war der Tag heute. Doch Punkt 18 reizte ihn: »Eine Stunde lang auf einem Bahnsteig im Hauptbahnhof sitzen, die Menschen beobachten und sich vorstellen, wohin die Passanten reisten.« Da könnte er fantasieren und ableiten, was andere Leute aus ihrem Leben machten. Er hoffte auf Inputs und Eingebungen.

Nach dem Frühstück machte er sich auf den Weg. Dieses war äußerst kurz ausgefallen. Er trank nur eine Tasse schwarzen Kaffee und verschlang ein Brötchen mit Honig. Das Standard-Frühstücksbuffet mit Wurst, Käsescheiben, Müsli, Cornflakes und Rührei beachtete er kaum. So allein am Tisch zu sitzen, fühlte sich für ihn seltsam an. Das würde sich schon ändern, das sind nur typische Anfängersymptome, beruhigte er sich. Glücklicherweise hatte Silvie für ihn ein Business-Hotel gebucht. So wurde er von den neugierigen Augen als Businessman auf Geschäftsreise eingeordnet und nicht etwa als verlassener Ehemann, abenteuerlustiger Single oder gar als sinnsuchender Aussteiger. Dem geschwätzigen und gefräßigen Frühstücksvolk war seine Anwesenheit egal.

Auf dem Weg zum Hauptbahnhof griff Frank immer wieder in seine Hosentasche nach dem Stadtplan, um sich zu vergewissern, auf dem richtigen Weg zu sein. Und jedes Mal suchte er ihn in der falschen Tasche. Also legte er sich wie im Militär einen Ordnungsplan zurecht: hintere Gesäßtasche rechts der Stadtplan, hinten links das iPhone, vorne rechts der Schrittzähler, vorne links die Kamera. Auch sein kleiner Rucksack war mit System gepackt: Das Portemonnaie versorgte er in der Innentasche mit Reißverschluss, den großen, gebundenen Stadtführer und den kleinen

Knirps platzierte er im großen Rucksack-Innenraum. Sogar die kleine Pillendose – Bienen stechen auch im Ausland – hatte seinen Platz. Angekettet an einem kleinen Karabiner baumelte sie im Innenraum.

Keinen Moment kam es ihm in den Sinn, dass er sich wie ein kleinkarierter, ordnungswütiger Spießer benahm. Nein, er fühlte sich wie ein toporganisierter, weitblickender Entdecker.

Angetrieben von seiner Checkliste, diese erste Aufgabe jetzt endlich anzupacken, suchte er sich den kürzesten Weg zum Hauptbahnhof. »Marschieren, nicht spazieren«, spornte ihn seine innere Stimme an. Nicht einmal das Reichstagsgebäude, an dem er vorbeikam, beachtete er. Das stand später auf dem Programm. Nach 4.281 Schritten stand Frank vor dem Hauptbahnhof und staunte: Die Dimension, die ausgeklügelte Architektur, das Spiel mit Glas und Licht und das überdimensionierte Leuchtsignet der DB unter der futuristischen Glaskuppel stellte selbst Schweizer Bahnhöfe in den Schatten. Alles war hier eine Nummer größer.

So schnell wie möglich rollte er vier Treppen nach oben auf den erstbesten Bahnsteig. Die digitale Signaltafel zeigte »10:45 S 7 Friedrichstraße Alexanderplatz« an. Nahverkehr? Nein, er wollte sich nicht an gestressten, mürrischen und eilenden Menschen orientieren. Seine Vorstellung war ein Bahnsteig mit Fernreisezügen, wo erwartungsfrohe Menschen, vollbepackte Reisende und herzbrechende Abschiede die Szene dominierten. Schon brauste die S 7 heran und aus den Türen strömte eine riesige, drängelnde Menschenmenge, die ihn einfach in Richtung Rolltreppe mitzerrte.

In seinem zweiten Anlauf suchte er den Bahnsteig mit dem Fahrziel Hamburg. »Gleis 14« informierte ihn eine riesige Anzeigetafel. Zwei endlos lange Rolltreppen hinab und wieder drei hinauf und schon stand er vor einem nigelnagelneuen ICE. Die Türen waren bereits geschlossen, ein Pfiff ertönte und er setzte sich in Bewegung. »Bremen Hbf«, wie er gerade noch auf der digitalen Informationstafel ablesen konnte, bevor bereits die neue Anzeige aufleuchtete: »ICE 11:43 Bremen–Hamburg«.

Das war genau die Situation, die er suchte. Er setzte sich auf eine Fünfer-Sitzbank, auf den zweiten Sitz von links. So konnte er rechts seinen Rucksack platzieren und links auf den freien Plätzen auf interessante Begegnungen oder zumindest einige Gesprächsfetzen hoffen.

Noch war der Bahnsteig menschenleer. Keine Abschiedsszenen, kein Winken, kein letztes Gespräch, nichts. Erst nach einigen Minuten und etwa eine Viertelstunde vor Abfahrt des angekündigten ICE trafen die ersten Reisenden ein. Und prompt setzte sich ein junges Paar mit großen Tramper-Rucksäcken neben Frank auf die Bank. Sie kontrollierten ihre Fahrscheine.

»Wann werden wir in Hamburg sein?«, fragte er, vermutlich zum x-ten Mal.

»Am Abend zwischen neun und elf fährt der Frachter«, erklärte sie genervt. »Wir haben uns vor neun Uhr in der Frachthalle 345a beim Schiffsführer zu melden. Das habe ich doch schon dreimal gesagt. Hast du die Taschenlampe eingepackt?«

»Sie ist im Schlafsack eingewickelt«, erwiderte er ebenso genervt. Plötzlich sagte sie: »Du Schatz, in drei Wochen sind wir in Buenos Aires! Ich freue mich so!«, und gab ihm einen Kuss auf seine unrasierte Wange.

Diese Worte waren wie Treibstoff für Franks Gehirn. Ihre Reiselust versprach Abenteuer: Hafen, Frachter, Ladung, Benzingeschmack, Wellen, endlose Weite, unendlich viel Zeit, wenig Zivilisation, Langeweile und plötzlich ein am Horizont auftauchender Landstrich und Häuser, die immer größer wurden und am Schluss das Anlegen vor unzähligen Frachthallen unter riesigen gelben Kränen, die langsam und bedrohlich mit ihren großen Greifern nach den vielen Containern fassten und diese Stück um Stück auf bereitstehende Sattelschlepper verluden. »Habe ich etwas verpasst? War ich ein Stubenhocker? Warum habe ich nie solche Pläne geschmiedet?«, fragte sich Frank. »Zu deiner Jugendzeit war das gar nicht möglich«, beruhigte ihn sein Hirn. »Damals existierte Lateinamerika auf deiner Landkarte noch gar nicht.«

Plötzlich waren die beiden weg. Frank sah nur noch, wie sie mit ihren Tramper-Rucksäcken in den Wagen 12, »Reservierte Plätze«, einstiegen. Ohne wehmütigen Blick zurück, nur ihr Ziel vor den Augen: Buenos Aires.

Aus dem Fahrstuhl stieg eine Familie aus. Ein Mann und eine Frau schoben zwei große Rollkoffer auf den Bahnsteig und hinter ihnen hüpften zwei strohblonde Mädchen herum. Auf allen Gesichtern strahlte ein fröhliches Lachen. Der Mann schleppte neben seinem Rollkoffer noch eine schwarze Reisetasche und eine umgehängte PC-Tasche. Die beiden Mädchen trugen rosarote Rucksäcke, das kleinere hatte sein hellblaues Plüschtier im Arm. Suchte Deutschland eine Vorzeigefamilie, so wäre diese gefunden.

Aber Frank schaute genau hin. Er konnte keine Ringe an ihren Fingern ausfindig machen. Also doch nicht so musterhaft, diese Familie? Oder einfach ringlos glücklich? Einfach glücklich, ohne verheiratet zu sein? Einen Moment spukten ihm die vielen Möglichkeiten des Zusammenlebens durch den Kopf: von konservativer Vater-Mutter-Kinder-Familie bis zur Vater-Freundin-Kinder-Familie oder Mutter-Kind-Freund-Kind-Familie – Hauptsache glücklich. Wie auch immer, diese Familie machte einen glücklichen Eindruck. Die beiden Mädchen strahlten und jauchzten, als sie ihren Wagen mit den reservierten Sitzplätzen entdeckten. Und dann waren auch sie weg.

Erneut öffnete sich die Fahrstuhltür. Ein übervoller Gepäckwagen schob sich wie von Geisterhand langsam auf den Bahnsteig. Drei dunkle Koffer waren aufeinandergestapelt, mit Riemen gesichert, obendrauf eine Sporttasche und zwei verblichene, blaue Plastiktragtaschen. Die einzige Gemeinsamkeit aller Gepäckstücke war, dass diese nach Franks Meinung schon lange entsorgt gehörten. Doch für die beiden hinter dem Gepäckwagen erfüllten sie die Zwecke noch lange. Es waren zwei Menschen, wie sie in Berlin häufig anzutreffen waren. Über 60, gefurchte Gesichter, er mit Hut, sie mit Kopftuch, beide in armseligen Kleidern, er in grauem, aus der Form geratenen Jackett und schwarzen Hosen, sie in einem langen schwarzen Kleid und schwarzer Wolljacke. Vermutlich alles erstanden in einem billigen Second-Hand-Laden.

Ratlos standen sie auf dem Bahnsteig mit suchenden Blicken nach links und rechts. Der Fahrschein in der Hand schien ihnen nicht weiterzuhelfen. Ihre Gesichter wirkten gestresst und ohne sichtbare Reisefreude. Sie machten einen mitleiderregenden, hilflosen Eindruck.

Einen Moment war Frank versucht, zu helfen. Doch irgendetwas hielt ihn zurück. Denn in diesem Moment sprangen zwei jüngere Männer die Treppe hinauf und ergriffen den Gepäckwagen. Dem Aussehen nach mussten sie die Söhne sein. Der eine nahm eilig dem Alten die Fahrkarte aus der Hand, überflog sie kurz und zeigte dann in Richtung Zugende. Langsam entfernte sich die Gruppe, bis Frank sah, wie sie weit hinten das Gepäck in einen Wagen luden.

Frank war erschüttert. Etwas in ihm sträubte sich, über das Schicksal der beiden nachzudenken. Es beschämte ihn, für die beiden das Schlimmste zu befürchten. Dass ihr Reiseziel nicht das Hotel Kempinski in Marbella sein konnte, war ihm klar. Aber vielleicht würden sie ja in Rumänien, in der Ukraine oder auf Sizilien von ihren Bekannten freudig erwartet.

Die Bahnhofsuhr zeigte bereits die fahrplanmäßige Abfahrt von 11:43, als ein modisch gekleideter Geschäftsmann die Treppe hinauf hastete und in die nächste offenstehende

Wagentür sprang, die sich einen Bruchteil später schloss. Das war knapp. Hatte der smarte Herr die Zeit verschätzt oder war jede Sekunde seines Tages verplant? Vielleicht hatte er im Geschäft bis zum letzten Moment seine Agenda abgearbeitet, hatte keinen Parkplatz gefunden, wurde von einem Telefonat aufgehalten oder war einfach beim Kaffee zu lange sitzengeblieben. Aber auch er hatte den Zug erreicht, der bereits mit leisem Rauschen aus dem Bahnhof rollte.

Auf dem Bahnsteig kehrte Ruhe ein. Frank blieb noch eine Weile auf seiner Bank sitzen. Ganz allein, wie vor einer Stunde, als er erwartungsvoll auf das Kommen und Gehen wartete. Und bald würde dasselbe wieder von vorne beginnen. Der nächste ICE fährt um 13:43 Uhr, Richtung Bremen–Hamburg.

Sichtlich zufrieden setzte sich Frank in die nächste Café-Bar. Ein erster Punkt der Checkliste war abgearbeitet. Es fühlte sich gut an, einmal Betrachter der Welt gewesen zu sein. Distanziert statt mittendrin. Nach dem ersten Schluck Espresso konsultierte er seine Checkliste. »Finde in der Stadt die Café-Bar mit dem teuersten Espresso« hieß seine nächste Herausforderung. Kein Problem, dachte er und machte sich auf den Weg.

19

FRANK

Den teuersten Espresso der Stadt zu finden, war also sein nächstes Ziel. Drei Stunden lang irrte er durch die Stadt. Aber keinen Moment stellte er sich die Frage, welch eigenartigem Tun er da folgte. Der innere Drang überwog, zuverlässig und wie geplant seine Checkliste abzuarbeiten. Doch weder beim sündhaft teuren Hotel Regent noch in der Adlon-Kempinski-Bar oder im Mercedes-Restaurant erstaunten ihn die Preise.

»6,50 Euro sind bestimmt zu überbieten«, dachte er sich. Er ließ nicht locker, obwohl seine Hände beim Herauszählen des Geldes bereits zitterten. Irgendwie wähnte er sich noch nicht am Ziel.

Wenig später saß er in einem bequemen Polstersessel in der Café-Bar des Steigenberger Hotels beim Kanzleramt. Sein Espresso-Konsum hatte seinen Geschmacksinn bereits vernebelt, sodass er die exquisiten Aromen kaum mehr unterscheiden konnte. Das war ihm auch nicht wichtig. Nur der Preis.

»Wünscht der Herr noch einen Espresso?«, wurde Frank von einem schwarz befrackten Kellner gefragt.

»Nein, danke, bitte zahlen«, war seine schnelle Antwort, bevor er dem fordernden Blick des Kellners nachgeben würde. Er kannte sich. Nein sagen war noch nie seine Stärke.

»Bitte sehr«, sagte der Kellner und legte einen silbernen Teller mit dem Beleg auf das Tischchen. »6,90 Euro – ein neuer Höchststand«, registrierte Frank erfreut. Mit zufriedener Miene gab er ihm den Teller samt einem Euro Trinkgeld zurück und sagte: »Entschuldigen Sie meine Bemerkung … aber ich bin erstaunt, dass die Espresso-Preise in Berlin so moderat sind. Bei uns in Zürich muss man mit mehr rechnen.«

Der Kellner runzelte die Stirn, bückte sich zu ihm hinunter, blickte sich kurz um und sagte: »Mein Herr, unsere Preise sind immer leicht günstiger als die der Konkurrenz. Vis-à-vis im Premium-Selection würden Sie gut und gerne einen Euro mehr bezahlen …«

Er bedankte sich höflich für das Trinkgeld und schritt in majestätischem Gang zur Theke zurück.

»Bravo«, mehr wollte Frank gar nicht wissen. Mit diesem Fragesystem konnte Frank schließlich über zwei weitere Cafés den Espresso-Preis von 9,20 Euro in der Café Bar »Le Roi noir« ausfindig machen.

»Platz eins, Bravo«, lobte sich Frank.

Vollgepumpt mit Koffein, aber zufrieden, machte sich Frank auf den Rückweg ins Hotel. Dieser führte ihn an den Schaufenstern der Galeries Lafayette vorbei.

Plötzlich kam ihm wieder die Lautsprecherdurchsage in den Sinn und sein Checklisten-Erfolgsgefühl veränderte sich in eine eigenartig aufgewühlte Stimmung. Die Lady in Rot geisterte noch immer in seinen Kopf herum. Es war ihm rätselhaft, warum dieses kurze Aufeinandertreffen ihrer Blicke in ihm ein so nachhaltiges Gefühl ausgelöst hatte. Da liefen Hunderte Frauen an ihm vorbei, ohne dass er sich auch nur an eine von ihnen erinnerte. Die Lady in Rot schien seine Auszeit zu beeinflussen.

Doch auf seine Ratio war Verlass. Sofort signalisierte sie ihm: Vergiss sie. Es ist einfacher, eine Stecknadel in einem Heuhaufen zu finden als eine unbekannte Frau in Berlin. Womit auch seine aufkommenden Gefühle überzeugend abgeklemmt wurden.

Aber mit der Espresso-Rangliste war Franks Programm des heutigen Tages noch nicht erfüllt. Er hatte versprochen, seiner Familie jeden Abend ein Selfie zu senden. Also blätterte er auf dem iPhone seine Selfies durch und entschied sich für jenes mit dem tigergemusterten Hut. Diesen hatte er in der Damenabteilung im Lafayette kurzerhand anprobiert, um von seinem Interesse an Frauen-Blazer abzulenken. Irgendwie tragisch, aber lustig für jene, die seine Geschichte dahinter nicht kannten.

Nach dem Abendessen entschied er sich, noch das zweite Kapitel in seiner Auszeit-Lektüre zu lesen. »Loslassen ist gewinnen« hieß es. Den ersten Satz prägte sich sein Gehirn ein: »Bevor Ihnen nicht klar ist, woran Sie festhalten, können sie es auch nicht loslassen.« Er war schon fast eingeschlafen, als der vertraute Klingelton eine E-Mail ankündigte.

....

21:52 Uhr
pirmin.deville
> frank.egger
Betreff: Warum ich?

Hallo Frank,
bitte melde dich.
Gruß
Pirmin

....

21:59 Uhr
frank.egger
> pirmin.deville

Hallo Pirmin,
ehrlich, lieber Pirmin. Es ist für mich total schwierig, mit dir zu kommunizieren. Ich bin blockiert. Hier ich, mit geschenkter Gesundheit und dort du mit der vernichtenden Diagnose. Mir fehlen einfach die Worte. Sagen wir, die richtigen Worte.

Willst du Trost, Hoffnung, Aufmunterung, Verdrängung? Oder soll ich das Thema einfach ignorieren? Vielleicht klingt Mitleid in deinen Augen wie Hohn und Heuchelei.
Sag es mir einfach, wenn dich meine banale Plapperei oder Gedanken mehr verletzen als aufbauen!
Ratloser Gruß
Frank

....

22:12 Uhr
pirmin.deville
> frank.egger

Hi Frank,
es stimmt, ich kriege es nicht in den Kopf, dass ich in einer so aussichtslosen Situation bin.
Und ehrlich gesagt, bin ich auch neidisch auf euch, die ihr zwar stressig und genervt, aber gesund durchs Leben schreitet. Gesund! Mit Zukunft und Perspektiven! Verstehst du? Und ich kann mir all meine Pläne, Freuden und Wünsche abschminken. Einfach weg. Ein dunkles Loch wartet auf mich. Von einem Wunder vielleicht abgesehen. Es ist zum Verzweifeln.
Pirmin

....

22:16 Uhr
pirmin.deville
> frank.egger

Frank, noch zu deiner Frage. Schreib bitte auch weiterhin, bitte. Ich weiß selbst nicht, was ich brauche. Soll ich die Situation verdammen, mich an jeden Hoffnungszweig festklammern oder mich einfach ergeben? Nicht nur mein Leben, vieles mehr geht bergab ...
Pirmin

....

22:26 Uhr
pirmin.deville
> frank.egger

Nochmals ich.
Frank, kannst du mir einen Gefallen tun? Es muss aber unter uns bleiben! In jedem Fall!
Pirmin

....

22:28 Uhr
frank.egger
> pirmin.deville

Klar!

20

CLAUDE

Claude war sich nicht ganz sicher, wann und wie ihm sein Portemonnaie abhandengekommen war. Dass er beklaut werden könnte, war ihm nie in den Sinn gekommen. Das passierte doch nur anderen. Aber jetzt machte er sich wegen seiner Leichtsinnigkeit Vorwürfe. Warum nur stellte er im Obdachlosenkeller seinen Rucksack so sorglos in eine Ecke? Er musste brutal erfahren, dass er in dieser neuen Welt keine Sonderbehandlung erhielt. Sein Vertrauen nahm ab, dafür stieg sein Misstrauen.

Zum Glück hatte er seine Kreditkarten sicherheitshalber in der Schweiz zurückgelassen. Er wollte mit wenig Bargeld in seinen geplanten Tagen über die Runden kommen. Aber nun war das Geld weg und auf einen Schlag veränderte sich seine Ausgangslage. Er war nicht mehr der König unter den Bettlern, er war selber Bettler geworden.

Noch fühlte er sich unternehmenslustig genug, auf der Straße den Passanten ein paar Euro aus den Taschen zu locken und so sein Bettlerleben etwas angenehmer zu gestalten. Ein Bett in der Obdachlosenunterkunft und eine warme Mahlzeit pro Tag waren sein minimales Ziel.

Plötzlich hatte er eine Idee. Warum sollte er mühsam alles selbst erfahren, was er von langjährigen Bettlern in kurzer Zeit lernen könnte? Sein Gefühl sagte ihm, dass er die ungeschriebenen Gesetze der Straße kennen sollte, wenn er seine Tage in der Bettlerszene unbeschadet überstehen wollte.

Zwar kam ihm seine Idee etwas kurios vor, aber er machte sich auf die Suche nach einem Lehrmeister. Zum Bärtigen zurück traute er sich nicht mehr. Zu dubios und gefährlich war Claude dessen Umfeld. Er wollte sich fernhalten von organisierten Bettlerbanden und kriminellen Machenschaften.

Während er die Friedrichstraße hinunter trottete, musterte er die verschiedenen Bettler, die sich in Nischen und Ecken einquartiert hatten. Die einen schliefen in ihren schäbigen Schlafsäcken, vor sich ein schmutziger Kaffeebecher als Almosensammler. Andere hockten regungslos angelehnt an eine Hauswand, mit ausgestreckter Hand und starrem Blick. Ein anderer stand mitten auf dem Trottoir, stellte sich den Passanten in den Weg und schüttelte aggressiv sein Kleingeld in einem Pappbecher.

An einer Straßenecke saß eine junge Frau mit leidvollem Blick und einem Kleinkind auf dem Schoß. Ihr dunkler Regenmantel, ihr schwarzes Kopftuch und ihr Teint erinnerten an eine osteuropäische Herkunft. An ihren Knien lehnte ein verwittertes Kartonschild. Mit ungelenker Schrift war kaum lesbar das Wort »Hunger« darauf geschrieben. Ihre Spendenschale war leer, nicht ein Cent war den Passanten ihr Hilferuf wert. Claude musste sich abwenden. Der Anblick beelendete ihn. Erst viel später erfuhr er, dass bettelnde junge Frauen tageweise kleine Kinder mieten, um mehr Mitleid und höhere Erlöse zu erzeugen.

Keine 20 Meter entfernt spielte ein ebenso junger Obdachloser mit seinem jungen Hund. Tollpatschig versuchte dieser die Schnur zu fangen, mit der ihn der Junge unaufhörlich im Kreis herumjagte. Die Decke, auf der sie spielten, war zerfetzt und die beiden umgekippten Tragtaschen offenbarten sein ganzes Hab und Gut, eigentlich nichts. Aber, sein Becher war zu einem Drittel mit Cents und ein paar Eurostücken gefüllt. Frank realisierte, dass erfolgreiches Betteln wie jedes andere Business offenbar einer gewissen Logik folgte.

Seinen Lehrmeister hatte er noch nicht gefunden, bis er in der Nähe der Museumsinsel auf einen Typen aufmerksam wurde. Er war das Idealbild eines Bettlers. Ein älterer Typ, zerfurchtes Gesicht, ein struppiger Bart, eine graue Mähne, ein brauner Hut, eine speckige Jacke, eine dreckige Manchesterhose und neben sich eine alte, mit seinen Habseligkeiten gefüllte Lidl-Tragetasche. Er saß etwas abseits von der langen Schlange der wartenden Museumsbesucher, als wollte er deren friedliche Atmosphäre nicht stören. Die Sonne schien ihm ins Gesicht und schönte seine armselige Erscheinung.

»Das ist er, deine Chance«, sagte sich Claude und setzte sich neben den Bettler auf den Asphalt. Der sah erstaunt auf und brachte reflexartig den halbvollen Spendenbecher in Sicherheit. Er war sich im Moment nicht sicher, ob es sich bei Claude um einen Konkurrenten, den Spitzel einer Bettlerbande oder einen getarnten Sozialarbeiter handelte.

»Hau ab!«, brummte der Bettler. Dies schien die Standardbegrüßung unter Bettlern zu sein.

Und zu diesen zählte sich auch Claude mittlerweile. Seine Erscheinung hatte sich in den letzten Tagen rapide verändert. Die ergrauten Locken standen kreuz und quer auf seinem Kopf, die einstigen Bartstoppeln hatten sich bereits zu einem Bart verdichtet, das Hemd war kaum mehr als Weiß erkennbar, die Weste an der Tasche zerrissen und die dunkelblauen Fliegerhosen total außer Form und jeder Salonfähigkeit. Nur die stahlblauen Augen und die weißen Zähne unterschieden ihn noch von anderen Bettlern.

»Hau ab!«, wiederholte der Bettler und drehte mit sichtbarer Anstrengung den Kopf in Richtung seines Nachbarn. Claude blickte in müde, tief eingefallene Augen.

»Hi, ... hi Kumpel, keine Panik!«, besänftigte Claude den Bettler. »Ich will dir deinen Platz nicht streitig machen. Auch deine Spenden sind mir gleichgültig.« Einen Moment zögerte Claude, ob er wirklich den nächsten Schritt machen sollte. »Ich suche einen Bettlerlehrer ...«

Der Alte schaute ungläubig, hatte er recht verstanden?

Als Claude wiederholte: »Ich suche einen, der mir das Betteln beibringt«, begann der Alte zu schmunzeln und dann zu lachen. Erst verhalten, dann immer lauter. Die Besucher der Warteschlange schauten verwundert, was die zerzauste Figur so belustigte. Der Alte konnte sich kaum erholen. Wer hat mir diesen Spinner geschickt? Ich soll einen Bettlerlehrling ausbilden? Das konnte ja wohl nicht sein Ernst sein.

Doch Claude ließ sich nicht beeindrucken und sprach auf den Bettler ein: »Hör mal, es geht mir ziemlich beschissen, ich stehe auf der Straße, kein Geld, kein Dach, nichts … einfach nichts!« Und nach einer Pause kam er auf den Kern der Sache zu sprechen. »Selbst beim Betteln habe ich keinen Erfolg … und dein Spendenbecher ist halb voll. Wie machst du das?«

Plötzlich wurde der Alte ernst. »Aha«, dachte er, »da will doch tatsächlich einer einsteigen und von meinen Erfahrungen profitieren.«

Tatsächlich bettelte er schon bald 20 Jahre in Berlin herum. Die Kürzungen der Almosenleistungen der Stadt zwangen ihn schon bald, sich selbst um seine Nahrung zu kümmern. Ersparnisse, die ihm in solchen Situationen helfen konnten, hatte er keine. Menschen, auf die er in solchen Situationen zählen konnte, kannte er nicht. Er hatte es mit seiner krankhaften Sturheit und seinem skrupellosen Ehrgeiz in seiner Managerkarriere mit allen verdorben. Nach dem großen Absturz ins Bodenlose blieb ihm mit 50 Jahren einzig die Straße, das Anbetteln der Leute auf der Straße und das Hoffen auf die Großzügigkeit der Passanten. Er selbst hatte in seinen besten Jahren bettelnde Menschen mit den

Worten »Arbeiten bringt auch Geld« abgefertigt. Heute bereut er seine Härte und Erbarmungslosigkeit früherer Jahre.

Aber vorbei ist vorbei. Auch spürte er nur noch selten etwas von seinem früheren Tatendrang. Erst saß er beschämt in einer Ecke herum und war froh, wenn ihn niemand ansprach. Nur langsam gewöhnte er sich an seinen Straßen- und Bettleralltag und sein strukturloses Leben. Das einzig Konstante war das Warten. Das Warten auf die nächste Spende, die nächste Minute, die nächste Stunde, den nächsten Tag. Jeden Tag trampelten unzählige Füße an seinem Kopf vorbei. Manchmal schnell, manchmal hastig, langsam, gemütlich, zögernd, schlurfend, beschwingt, locker, gestresst, springend, manchmal an Stöcken. Es gab nichts mehr, das ihn aufheiterte oder auf das er sich sogar freuen konnte.

Es brauchte Jahre, bis sich in seiner lahmgelegten Wahrnehmung wieder etwas regte. Mit der Zeit entdeckte er, dass die Spendenfreudigkeit der Leute unterschiedlich war. Sie war von ganz bestimmten Bedingungen abhängig – Wetter, Wochentag, Jahreszeit und Tageszeit waren noch die einfacheren. So begann er, das Verhalten der Passanten zu beobachten.

Mit der Zeit konnte er die Lust und Laune der vorbeiströmenden Menschenmassen deuten. Das dauerte zwar lange, aber sein Instinkt und Überlebensgefühl ließen ihn nicht im Stich. Und so entwickelte er seine eigene Methode, die passenden Standorte, die richtige Sitzhaltung und die wirksamen Mitleidgesten herauszufinden. Und seine Strategie brachte Erfolg und ermöglichte ihm, einige Nächte in den städtischen Notfallstellen verbringen zu können.

Und jetzt machte ihm dieser komische Kauz neben sich plötzlich klar, dass er seine über Jahre gesammelten Erfahrungen weitergeben könnte, sozusagen sein Geschäft verkaufen könnte. Irgendwie fühlte er sich seit langer Zeit so etwas wie stolz. Der kuriose Neubettler machte ihm keinen bedrohlichen Eindruck. »Also, morgen um acht Uhr beginnen wir. Hier«, brummelte der Alte, stand auf und trottete davon.

Erst jetzt bemerkte Claude, dass der Alte seinen Spendenbecher vergessen hatte.

21

CLAUDE

Claude schaute dem Alten nach und blieb sitzen. Auch die einbrechende Dunkelheit konnte ihn nicht vertreiben. So langsam überkam ihn die gleichgültige Leere eines Bettlers. Er hatte nicht mehr den Drang, wie ein gehetzter Hase die ganze Nacht durch die Stadt zu stressen, auf der Suche nach einem idealen Unterschlupf. Er nahm in Kauf, dass Passanten drei Meter entfernt an seinem Nachtlager vorbeimarschierten. Die meisten waren eh darauf bedacht, möglichst schnell die Stelle zu passieren, um das schlechte Gewissen wieder verstummen zu lassen. Selbst als die Polizei vorbeifuhr, wurde er nicht von einer Unruhe gepackt, sondern quittierte deren provozierend langsames Vorbeifahren mit demonstrativer Gleichgültigkeit.

Die meiste Zeit saß er angelehnt an die raue Backsteinmauer. Geschlafen hatte er kaum, höchstens ein wenig gedöst. Noch nie hatte er erlebt, dass auch in einer Großstadt für zwei, drei Stunden eine fast gespenstische Ruhe herrschte. Nur die Straßenlaternen und Kirchenglocken kannten keine Nachtruhe. Auch an die Mäuse und Ratten, die immer wieder geschäftig über den Bordstein huschten, hatte er sich bald gewöhnt. Leben und leben lassen.

Nur einmal in der Nacht, es war kurz vor halb fünf, überkam ihn ein leiser Zweifel über sein Tun. Vor wenigen Wochen noch lag er um diese Zeit im warmen Bett, ebenfalls wach, aber geplagt von tausend Sorgen und Ängsten, getrieben von den Pflichten des Alltags. Nein, selbst seine momentan unkomfortable Situation mochte er nicht mit jener Zeit tauschen. Er war erstaunt, wie gleichgültig ihm sein Job bereits geworden war.

Die Kirchenuhr hatte soeben sieben Uhr geschlagen, als eine Frauenhand einen Becher mit dampfendem Kaffee neben ihm abstellte. Ein hübscher Lockenkopf beugte sich herab und wünschte ihm einen schönen Tag. Das Frauengesicht war ganz erstaunt, dass sie nicht den Alten, sondern eine neue Gestalt antraf. Eilig erhob sie sich, machte sich in ihren roten Turnschuhen davon und war schon um die nächste Ecke verschwunden. Claude wusste nicht, wie ihm geschah. Alles lief viel zu schnell ab, um sich bedanken zu können. Er schüttelte seinen Kopf. War das ein Engel oder eine fürsorgliche Person? Nur die lockige Mähne und die fröhlichen Augen blieben in ihm haften.

22

ANDREA

Andrea war überrascht, als sie die tiefblauen Augen und die weißen Zähne des Bettlers erblickte. Normalerweise blickten ihr müde mit Ringen umrandete Augen und gelbe Zähne entgegen.

Nein, das war nicht der Alte, den sie eigentlich erwartet hatte. Sie hätte es gleich merken müssen. Der Alte trug nie ein weißes, sondern immer sein dunkelkariertes Hemd mit langen Ärmeln. Er saß stets in sich zusammengesunken mit dem Rücken an die Wand gelehnt und selten aufrecht, ohne sich abzustützen. Und meistens schlief er, wenn sie ihm einen Kaffee hinstellte. Sie musste ihn sanft schütteln, um ihn zu wecken. Es war ihr wichtig, ihn kurz nach seinem Befinden zu fragen.

Doch diesmal war alles anders. Rasch stellte sie den Kaffee ab und ohne einen Dank abzuwarten, hastete sie davon. Doch die blauen, ausdrucksstarken Augen und die weißen Zähne blieben ihr im Sinn.

23

ANDREA

Als Andrea kurze Zeit später in ihre Wohnung zurückkehrte, war Janies Zimmertür noch geschlossen. Der Abend gestern hatte einige Gläser länger gedauert. Doch Andrea war an unregelmäßigen Schlaf gewöhnt. Um zehn Uhr startet sie ihre Nachtwache im St. Hedwig-Krankenhaus in Berlin-Mitte. Als Nina noch klein war, war dies ideal. Sie konnte nachts arbeiten und sich tagsüber um Nina kümmern.

Für ihr Gefühls- und Liebesleben erwies sich dieser umgekehrte Tag-Nacht-Rhythmus allerdings als eher hinderlich. Welcher Mann mochte das schon, wenn nachts das Bett der Freundin leer blieb? Doch sie liebte ihre Arbeit und mochte sie nicht mehr missen. Sie fühlte sich mit ihren Patientinnen und Patienten eng verbunden. Auch wenn die Sorgen die Freuden überwogen, hatte sie schon nach kurzer Zeit ihre Patientinnen und Patienten ins Herz geschlossen. Dass sie oft von den leidvollen Momenten überfordert war, ignorierte sie großzügig. Sie war kein Mensch, der seine

Gefühle bei Arbeitsbeginn einfach in den Garderobekasten hängen konnte.

Überrascht blickt sich Andrea in ihrer Wohnung um. Der Duft nach frischem Kaffee, ein hübsch gedeckter Tisch mit frischen Brötchen und einem bunten Strauß Wiesenblumen überraschten sie. Das war typisch Janie! Mehr geben als nehmen. Schon während der Grundschule war es Janie, die ihre Sachen großzügig mit ihren Mitschülerinnen teilte. Oder später, als sie ihr das Mofa am Samstagabend lieh, damit sie ihren Freund im Nachbardorf treffen konnte. Andrea stammte aus eher bescheideneren Verhältnissen und konnte ihr nichts Gleichwertiges zurückgeben.

Frisch gekämmt trat Janie aus dem Badezimmer und strahlte Andrea an.

»Na, das hast du nicht erwartet, oder? Der Markt auf dem Kirchplatz ist herrlich und die Leute sind so guter Stimmung. Nach einer harten Nacht wird dir ein Kaffee sicher guttun«, plauderte Janie munter drauflos. Andrea biss herzhaft in das frische Brötchen und trank einen Schluck Kaffee. Es war eben doch etwas anderes, zu zweit am Frühstückstisch zu sitzen. Doch dann machte sich die Müdigkeit bei Andrea immer stärker bemerkbar und sie beschlossen, sich nachmittags um drei Uhr wieder zu treffen.

24

CLAUDE

Kurz vor acht kam der Alte daher geschlurft. Das Erste, was er sah, war der leere Kaffeebecher.

»Ist also auch heute der wuschelige Engel erschienen?«, murmelte er halb bestätigend, halb fragend und schaute herum, als wollte er nach ihr Ausschau halten. Aber sie war schon lange verschwunden. Zuverlässig wie eine Schweizer Uhr brachte sie ihm jeden Morgen einen heißen Kaffee und erkundigte sich nach seinem Wohlergehen. Er kannte sie nicht, aber aus ihren Augen strahlte Liebenswürdigkeit und Herzlichkeit.

»Komm, Lehrling«, befahl der Alte und wandte sich um, bereit, zu gehen.

»Sofort, Meister«, sagte Claude mehr im Spaß als im Ernst. Aber dem Alten schien das zu gefallen.

Claude versuchte aufzustehen. Seine Glieder ächzten. Mindestens 14 Stunden hatte er sie nicht mehr bewegt. »Sogar Sitzen kann anstrengend sein«, dachte er sich und freute sich auf ein paar Schritte. Langsam trottete er hinter dem Alten her. Immer wieder musste er seine Schritte verkürzen, um ihn nicht zu überholen. Und immer, wenn er seinen Schritt verkürzt hatte, musste er nochmals langsamer gehen, bis er sich schließlich an das Schleichtempo gewohnt hatte.

Es dauerte über eine Stunde, bis sie die kurze Strecke zum Lustgarten zwischen Dom und Berliner Schloss zurückgelegt hatten. Der Platz gehörte zu den Berliner Sehenswürdigkeiten. Aber wo früher Kurfürsten lustwandelten und später politische Kundgebungen stattfanden, tummelten sich nun neugierige Touristen und faulenzende Berliner.

Der Alte wusste, dass dies ein idealer Ort für Bettelgeschäfte war. Der erste City-Tour-Bus hatte bereits eine Gruppe Touristen ausgespuckt, die nun auf das satte Grün strömten, die Blumen, den sprudelnden Springbrunnen und die eindrückliche Domfassade bestaunten und Selfies unter den legendären Linden machten. Der Alte und sein Lehrling ließen sich etwas abseits der Haltestelle an der Dommauer nieder. Die Aufseher sahen es nicht gerne, wenn sich Bettler in der Nähe von Sehenswürdigkeiten aufhielten. Doch der Alte wurde geduldet, weil es in den langen Jahren kaum Beanstandungen über ihn gegeben hatte. Im Gegenteil, der Alte hatte mit der Zeit das Vertrauen von einigen der Parkwächter gefunden.

Claude realisierte, dass er bereits mitten in der Bettler-Ausbildung stand. Seine erste Lektion war der richtige Standort und gutes Einvernehmen mit den Verantwortlichen.

Statt einer Sitzpappe klaubte der Meister etwas gelbe Kreide aus seiner alten speckigen Lederumhängetasche. Mühsam kniete er sich nieder und begann im Halbkreis zu schreiben: »Erfreuen Sie sich am Jetzt und Heute!« krakelte er mit ungelenken Buchstaben auf den Asphalt. Irgendwie beiläufig, aber immer noch groß genug, um vom Eingang her erkannt zu werden. Zu zweit hockten sie sich um die Worte.

Als eben der Alte etwas sagen wollte, sprang ein dunkelgelocktes, etwa sechsjähriges Mädchen daher und begann laut zu entziffern: »Erfr...eu...en... Sie... sich... am jeee...tzt uund... he...u...te... Mami, Mami, schau mal, was da steht!«, rief es begeistert seiner Mutter zu, die am Eingangstor zum Dom geduldig auf ihre Tochter wartete.

»Cindy, komm jetzt, Papa ist schon drin«, antwortete die Mutter. »Nein, Mami schau, ich kann die Buchstaben schon lesen!« Etwas widerwillig macht die Mutter ein paar Schritte in Richtung des Bettler-Duos. Die Nähe zu den beiden war ihr sichtlich unangenehm. Es war nur die Freude ihrer Tochter, die sie zu ein paar Schritten in deren Richtung veranlasste. Als sie sich den Text von Cindy buchstabieren ließ, huschte sogar ein Lächeln über ihr Gesicht. Sie ließ sich dieses kleine Erlebnis fünf Euro kosten. Der Alte murmelte nur »Vielen Dank, genießen sie den Tag«, ließ sich aber keinerlei Freude anmerken.

Claude war aus dem Häuschen. Diesen Anfangserfolg hatte er nicht erwartet. Er rechnete bereits eine mögliche Tagessumme zusammen. Stumm saßen sie eine Weile nebeneinander. Außer einigen mitleidigen Blicken ausländischer Touristen, die den Text nicht entziffern konnten und einem Hund, den sie vehement vom Pissen abhalten mussten, passierte nicht viel.

Die Anfangseuphorie hatte sich bei Claude gelegt, als der Alte sich zu ihm wandte.

»Geduld und Warten ist Teil unseres Geschäfts. Kurz nach Mittag wird sich zeigen, ob unsere Strategie aufgehen wird.« Claude spürte nichts von einer erkennbaren Strategie und fragte den Alten nach seinen Überlegungen.

»Warum wir hier sind?« Dieser zögerte mit der Antwort. Sollte er dem Bettlerlehrling seine Erkenntnisse wirklich preisgeben? Nach einer Pause begann er: »Merk dir, Lehrling, suche immer jenen Standort, an dem die Leute auf dem Weg sind, sich eine Freude zu gönnen. Am Morgen vor einem Park, vor dem Markt, am Nachmittag vor dem Zoo, vor einem Hallenbad, am Abend auf dem Weg ins Kino, zu den Restaurants. Wenn die Menschen bereit sind, sich selbst eine Freude zu machen, dann machen sie auch anderen lieber eine Freude.« Claude war überrascht, aus dem Mund des Alten solche Überlegungen zu hören. Er hatte bis dahin angenommen, dass es eher instinktiv geschah, als dass eine mehr oder weniger klare Absicht dahintersteckte.

»Auch, dass wir hier etwas abseits sitzen, hat seinen Grund«, fuhr der Alte fort. »Eine zu große Aufdringlichkeit schreckt ab. Lass die Menschen zu dir kommen, statt bei ihnen eine Spende zu erzwingen. Ihre Entscheidungsfreiheit ist dann größer – und ihre Spende damit auch.«

Unterdessen hatten sich bereits drei weitere Menschen zu einer Spende motivieren lassen. Eine ältere Frau aus eher sozialer Absicht, ein beleibter französischer Tourist mit einer Prise Verächtlichkeit und ein tätowierter Student schoss achtlos einen Euro in den Pappbecher. Ist ja eigentlich egal, jeder Euro zählt.

Inzwischen schien der Alte durch die pralle Sonne müde geworden zu sein, immer wieder sackte seine Haltung zusammen. Doch mit seinen Überlegungen war er noch nicht fertig.

»Wenn du Menschen etwas gibst, geben sie auch dir etwas. Ich will ihnen keine Schuldgefühle geben, sondern das Gefühl, ein großzügiger Mensch zu sein.« Jetzt wurde auch Claude klar, dass die Überlegungen des Lehrmeisters wie Zahnrädchen ineinandergriffen. Der sich langsam füllende Pappbecher bewies die Richtigkeit.

Es war viertel nach zwei, als sich der Alte nach vorne bückte und den Pappbecher ausleerte. 18 Euro und 50 Cents hatten sich die beiden erarbeitet. Achtsam, fast andächtig zählte der Alte 9 Euro und 25 Cents ab, steckte diese in seine Jackentasche, erhob sich und blickte Claude an. »Also, morgen um die gleiche Zeit, am gleichen Ort, Lehrling«, sprach er und schlurfte langsam davon.

Claude blieb noch sitzen. Mit diesen 9 Euro und 25 Cents konnte er sich bereits die Notunterkunft leisten. Schon freute er sich auf eine Matratze. In seiner Hochstimmung beschloss er, die Sammlung an diesem Ort weiterzuführen. Doch je näher der Abend rückte, umso harziger wurde die Spendenfreudigkeit. Selbst mit einem neuen Text auf dem

Asphalt, konnte er nur noch ein älteres Rentnerpaar überzeugen.

»Nehmen Sie schöne Erinnerungen mit«, hatte er auf den Asphalt gekritzelt. Als die beiden um zwei Euro leichter davonschritten, wurde ihm bewusst, dass er wenigstens bei diesen beiden mit seinem Spruch ins Schwarze getroffen hatte. Müde vom Sitzen und mit einem sonnengebrannten Gesicht und leeren Magen stand er auf und machte sich davon. Mit seinen 14 Euro und 60 Cents in der Tasche wollte er den Bettlerstatus für einen Abend vergessen.

25

FRANK

Es war nicht der Schlaf des Gerechten. Unruhig wurde Frank in seinen Träumen hin und her gehetzt. Einmal hatte er sich in den Kellerräumen eines Bekleidungsgeschäfts verlaufen, dann wirbelte ihm der Wind seine Checkliste in die Spree und dann stand er immer als Letzter in der Warteschlange eines Currywurststands, die vor ihm immer länger wurde.

Er war froh, als der Morgen graute und ein neuer Tag seiner Auszeit begann. Etwas weniger motiviert als am Vortag klaubte er seine Checkliste hervor. Noch immer glotzten ihn viele Kästchen ohne Häkchen an. Oje, aber er war überzeugt, dass jedes abgehakte Projekt ihn mehr befreien und ihm seine frühere Leichtigkeit und Unbeschwertheit zurückbringen würde.

So starrte er auf sein iPad und konnte sich nicht zwischen den einzelnen Punkten entscheiden. Das Bildarchiv sortieren kam für ihn immer noch nicht infrage. Auch zum

Joggen im Tiergarten fühlte er sich zu wenig motiviert. Und wollte er wirklich herausfinden und sehen, wo und wie der reichste Mann in Berlin wohnte? Wohl auch eher nicht. Ideen für seinen 60. Geburtstag suchen, das hatte auch noch Zeit. Eine Stunde einer unbekannten Person nachlaufen. Hmmm, wieso nicht?

Er entschied sich, zu erfahren, wie ein Durchschnittstourist seinen Tag in Berlin verbrachte. Also überlegte er sich, wo die meisten Touristen anzutreffen waren. Da brauchte er nicht lange zu überlegen, denn bei acht von zehn Reiseführern strahlte das Brandenburger Tor von der Titelseite. Und tatsächlich, vor dem Brandenburger Tor spuckten unzählige Busse Hunderte von Touristen aus. Er machte sich auf die Suche. So ein Frank-ähnlicher Typ müsste es sein, überlegte er sich.

Die Auswahl war groß, aber auch schwierig, als er die Touristengruppen absuchte. Die einen Typen zu langweilig, andere zu dick, zu alt, zu jung, zu plump, zu bieder, einem anderen traute er in seinen völlig aus der Form geratenen Shorts und Badelatschen keinen zivilisierten Alltag zu, bis ihm ein stilvoller, souveräner Mann ins Auge stach. In beigen Shorts, einem dunkelblauen, stilvollen Polo-Shirt, neuen Geox-Schuhen, auf dem Rücken ein kleiner, bequemer Rucksack und in der Hand den obligatorischen Reiseführer betrachtete er aufmerksam das Brandenburger Tor.

Frank wusste sofort, dass dies sein Kandidat war. Wie wohl sein Name war? Hätte Frank sich seinen eigenen Namen selber aussuchen können, hätte er Kevin gewählt. Das war für ihn der Name, der Anmut, Souveränität und Einzigartigkeit ausstrahlte. Also nannte er den ausgewählten Typen Kevin.

So richtete sich Frank darauf ein, ein paar Stunden als Schatten von Kevin zu verbringen. Dass sich bald auch noch eine Frau dazugesellte, damit musste er rechnen und sollte seine Absicht nicht stören. Er hielt Distanz, aufdringlich wollte er nicht sein. Er wollte einfach für sich einige Inputs aus dem Leben seines Doppelgängers erhalten.

Kevin und seine Frau, die Eheringe bestätigten dies, besprachen sich. Die Diskussion wechselte angeregt hin und her. Vermutlich wollten beide etwas anderes. Frank hatte den Eindruck, dass Kevin schließlich auf einen Vorschlag seiner Frau einwilligte.

Auf jeden Fall machten sie sich langsam auf den Weg in jene Richtung, in die Kevins Frau zeigte. Vorbei am Reichstagsgebäude und den imposanten Bauten des Bundestags spazierten sie in Richtung Spree. Kevin hatte den Reiseführer wieder verstaut. War sein Informationshunger schon gestillt?

Eine Flussfahrt mit einem Touristenschiff war ihr nächstes Ziel. Kevin und seine Frau standen bereits in der Warteschlange und Frank befürchtete, dass das Projekt Kevin schon nach einer halben Stunde beendet sein könnte. Doch als einer der letzten konnte auch er noch ein Ticket für sich ergattern.

Die Platzverhältnisse auf dem Boot waren äußerst eng und die Bänke voll besetzt. Kevin und seine Frau saßen sich gegenüber und hörten schweigend den Ausführungen der Lautsprecherstimme zu: »Links sehen Sie ..., und zur Rechten ...«. War Kevin schon gelangweilt? Lustlos blätterte er in seinem Reiseführer, als hoffte er, dort interessantere Informationen zu finden.

Mit seiner Frau hatte Kevin kaum ein Wort gewechselt. Vermutlich hatte sich im Laufe der langen Ehejahre ihr Mitteilungsbedürfnis erschöpft. Sie schien auch keine Frage oder ein nettes Wort zu erwarten, denn sie blickte abwechselnd auf die links und rechts vorbeiziehenden Sehenswürdigkeiten der Stadt.

Die Sonne brannte brutal und Frank hatte nicht mit einer Schifffahrt gerechnet. Sein Kopf glühte und seine Kopfbedeckung lag im Hotelzimmer. Er war erleichtert, dass sie nicht die dreistündige komplette Brückentour über Spree und Landwehrkanal gewählt hatten, sondern nur die einstündige Spreerundfahrt. Nun mussten sich Kevin und seine Frau für etwas Neues entscheiden.

Das neue Ziel schien ihnen klar, Kevin und seine Frau steuerten geradewegs auf die Straße Unter den Linden zu. Im zweiten Boulevard-Restaurant, bei dem sie die ausgehängte Menükarte studierten, ließen sie sich nieder und bestellten, ohne einen weiteren Blick in die Speisekarte zu werfen, zwei Sommersalate Royal. Kevins Frau hatte sich unter dem Tisch ihre Schuhe ausgezogen, während Kevin wieder im Reiseführer blätterte. Nur für den ersten Schluck Pils schaute er kurz auf und prostete seiner Frau mit einem Lächeln zu. Sie hantierte ununterbrochen auf ihrem

Mobiltelefon. Kein Wunder, dass dieses kurze Zeit später klingelte. Als sie lächelnd ins Handy sprach, wurde Kevin aufmerksam, legte den Reiseführer beiseite und hörte dem Gespräch zu. Auch sein Gesicht zeigte lächelnde Züge, als sie ihm das Telefon reichte, er einige Worte in kindlicher Sprache ins iPhone sprach und sich dann weiter mit seinem Royal-Salatteller beschäftigte.

Drei Tischreihen hinter ihnen saß Frank. Die Hitze hatte ihn geschafft und er konnte ein weiteres Gähnen nicht unterdrücken. Besonders begeistert hatte ihn das bisher Erlebte nicht. Er bestellte sich den dritten Espresso und verlangte die Rechnung. Er wollte keinen Stress riskieren, wenn Kevin und seine Frau plötzlich das Restaurant verließen.

Und tatsächlich, wenig später setzten Kevin und seine Frau ihr Tagesprogramm in Berlin fort. Dieses führte mit kurzen Zwischenstopps und interessierten Blicken in die gestylten Schaufenster der vielen Boutiquen zur Kreuzung Unter den Linden, wo sie mit dem typischen Doppeldeckerbus 100 vorbei an den Sehenswürdigkeiten der Stadt in den Westteil der Stadt zum Ku'damm und zum Nobel-Kaufhaus KaWeDe fuhren. Offensichtlich war Shopping angesagt. Frank konnte gerade noch unerkannt als Letzter in den Bus hineinspringen und blieb im Hintergrund, während Kevin und seine Frau den begehrtesten Platz ganz vorne oben ergattern konnten.

Gelangweilt trottete Kevin hinter seiner Frau ins KaWeDe und folgte ihr kreuz und quer durch die weitläufigen Parfümerie-Anbieter im Parterre. Geduldig und in diskretem Abstand wartete er, bis seine Frau mit dem ausführlichen Einholen von Schminktipps und -proben zufrieden war. Welche eine Auswahl! Das Kaufhaus schien Kevins Frau mehr zu faszinieren als die Sehenswürdigkeiten der Stadt. Unermüdlich schlenderte sie durch das bekannte Department Store, Rolltreppe hinauf, Rolltreppe runter. Doch jetzt schien Kevins Geduld zu Ende. Im dritten Stock »Handtaschen und Schuhe« schwächelte er und sie besprachen sich kurz. Nach einem kurzen Kuss auf die Wange fuhr sie die Rolltreppe hinauf in die Women's World und er nahm den Lift in die sechste Etage in die Feinkostabteilung. An einem Bistrotisch im noblen Gourmetbereich bestellte er sich ein Pils und beobachtete die vielen Menschen auf ihrer Shoppingtour. Hin und wieder schaute er auf seine Uhr.

Fünf Tische weiter machte sich bei Frank eine gewisse Ernüchterung breit. »Mein Gott, was für ein langweiliger Typ«, dachte er sich. Den ganzen Tag lang lässt er sich von seiner Frau bestimmen. Entweder aus Gutmütigkeit oder Interesselosigkeit. Selbst hier im Bistro. Kein Buch, keine Zeitung, kein Prospekt, auch sein Mobiltelefon interessierte ihn wenig. Einfach sitzen und warten. Wer war Kevin wirklich? Frank stufte ihn irgendwo zwischen Banker, Rechtsanwalt oder vielleicht Lehrer ein.

Eine Dreiviertelstunde später tauchte seine Frau auf, beladen mit drei edlen Taschen, aus denen blütenweißes Seidenpapier hervorschaute. Kevin bezahlte seine zwei Bier und schon fuhren sie zusammen die Rolltreppe hinab. Er stellte ihr keine Fragen und warf auch keine neugierigen Blicke in ihre Einkaufstaschen. Es interessierte ihn einfach nicht, es war ihm egal.

Frank wurde durch den schnellen Aufbruch überrumpelt. Seine Gedanken über Kevin hatten ihn abschweifen lassen. Während er verzweifelt dem Kellner winkte, hatten Kevin und seine Frau bereits die Rolltreppe erreicht. Schnell, aber der noblen Feinkostabteilung angemessen, eilte Frank hinterher, die Rolltreppe hinab und hinaus auf die Straße. Dort sah er nur noch, wie ein schwarzgekleideter Fahrer einer schwarzen Mercedeslimousine Kevins Frau elegant auf einen der hellbeigen hinteren Sitze half und ihre Taschen im Kofferraum verstaute. Kevin saß bereits auf und schon brauste die Nobelkarosse davon.

Erstaunt und enttäuscht stand Frank auf dem Gehweg. Enttäuscht über das abrupte Ende seines Projektes und erstaunt über Kevin. Er hatte ihn aus einer Menschenmasse ausgewählt, als interessanter, erfolgreicher Weltbürger eingeschätzt, war dann erstaunt über seinen leeren, ereignislosen Tag in Berlin, den lieblosen Umgang mit seiner Frau und war schlussendlich verwundert über seinen glamourösen Abgang im Mercedes. Und jetzt? Was lernte er daraus? Insgeheim ärgerte sich Frank über den verlorenen Tag und diesen idiotischen Punkt auf seiner Checkliste.

So stand er ratlos vor dem KaWeDe, direkt vor den mit sommerlicher Mode dekorierten Schaufenstern. Kevin war weg, dafür machte sich der strahlende Blick der roten Lady wieder in seiner Gefühlswelt bemerkbar. Wo er doch glaubte, sie mit dem Entsorgen des kleinen Kuverts ein für alle Mal aus seinem Kopf gelöscht zu haben. Er konnte einfach nicht verhindern, dass ihn der Charme der roten Lady anzog. Tausend Gedanken und Fragen schossen ihm durch den Kopf: »Wer war sie? Was machte sie? War sie verheiratet? Wo war sie? Was machte sie in Berlin? Wie lange war sie in Berlin? Hatte sie mich beachtet? War sie jetzt bei ihrem Freund oder Liebhaber? Erwartete sie, dass ich mich melde? Wie sollte ich sie finden?«

Frank konnte es nicht zulassen, dass solche ungeordneten Gedanken durch seinen Kopf fegten. »Nein, nicht ich. Als treuer Ehemann nach über 30 Jahren Ehe, nach Hochs und Tiefs, nach vielen schönen gemeinsamen Erinnerungen. Dass mich jetzt mit 59 Jahren, sechs Monaten und drei Tagen solche Gefühle auf dem falschen Bein erwischten. Nein. Dafür bin ich nicht nach Berlin gekommen. Ich wollte einfach nur mein Ich finden.«

Aber Frank hatte sein Ich plötzlich nicht mehr unter Kontrolle.

Zehn Minuten später saß Frank wieder in der Feinkostabteilung des KaWeDe. Exakt auf demselben Stuhl, auf dem Kevin vor einer Stunde gesessen hatte. Er hörte bereits den Klingelton seines Mobiltelefons. Noch war es Zeit, die Übung abzubrechen, mahnte ihn sein Verstand, doch schon hörte er eine freundliche Stimme: »Swiss Airlines, guten Abend, wie kann ich Ihnen helfen?«

»Guten Abend, hier ist Frank Egger. Ich bin letzten Samstag mit der Swiss LX296 von Zürich nach Berlin geflogen. Und auf Sitz 15C saß eine Dame. Könnten Sie mir nicht ihren Namen verraten?«

»Tut mir leid, Herr ..., wie war Ihr Name? Nein, über unsere Passagiere dürfen wir keine Informationen bekanntgeben.«

Plötzlich staunte Frank über seine Hartnäckigkeit.

»Ja, aber ... hören Sie, diese Dame hat in der Hektik des Aussteigens ihren Seidenschal vergessen, aus sehr edlem Material, vermutlich ist es ein Erinnerungsstück. Ich möchte, dass sie diesen zurückerhält!«

Stille. Durch den Hörer glaubte Frank, eine Tastatur in Arbeit zu hören. Plötzlich meldete sich die Stimme wieder:

»Herr Egger, sie saßen auf Platz 25E, richtig?«

»Ja, genau, so ziemlich eingeklemmt ...«, sagte Frank erleichtert und glaubte, dass die Swiss-Dame nun eingelenkt hätte.

»Nun, wir werden der Dame Ihre Kontaktdaten zukommen lassen, damit sie Sie anrufen kann. Wenn ihr der Seidenschal so wichtig ist, dann werden Sie bestimmt von ihr hören ...«

Damit war das Gespräch und für Frank das Thema beendet. So glaubte sein Verstand zumindest.

26

FRANK

Für diesen Abend brauchte Frank eine Aufheiterung. Das erfolglose Gespräch mit der Swiss-Auskunft hatte ihn frustriert. Eigentlich war es nicht das Gespräch, sondern vielmehr sein einfältiges Handeln, das ihn ärgerte. Dieses war von den Schwankungen eines pubertären Jugendlichen kaum zu unterscheiden. Und zu seinem Frustgefühl tauchte auch noch der Druck seiner unerledigten Checkliste auf. Sie schien ihm immer sinnloser, im Moment wenigstens. Er fühlte sich keinen Schritt weiter auf dem Weg zu seinem Ziel, zu mehr Gelassenheit und Zufriedenheit zu gelangen.

Langsam trottete Frank quer durch die Stadt und fuhr schließlich zurück zum Hotel. Jedes lachende und jedes zufriedene Gesicht nervte ihn, auf jedes verliebte Pärchen war er neidisch, jedem schlängelnden Radfahrer schenkte er seinen grimmigsten Blick, und selbst das rote Ampelmännchen der Verkehrsampel muffelte er an. Die Welt hatte sich gegen ihn verschworen.

»15.236« zeigte sein Schrittzähler im Hotelzimmer. Mindestens die Hälfte davon hatte er in einer missmutigen und genervten Stimmung zurückgelegt.

Müde legte er sich aufs Bett und verschickte sein tägliches Selfie. Es war eines aus seinem Bildarchiv. Er hatte sich vor dem Friedrichstadtpalast vor einem Plakat mit dem Schnabelmenschen aus der aktuellen Show postiert.

»Bling, bling, bling«, er hörte bereits nicht mehr, wie die Empfänger in seinem Chat sein Selfie kommentierten.

Eine Stunde später erwachte er, weil es an der Tür klopfte. Natürlich hatte er vergessen, das »Bitte nicht stören«-Schild an die Türklinke zu hängen. Immer wenn er durch die Hotelgänge schritt, wirkten diese roten Schilder anregend auf seine Fantasie. Es gibt ja im Alltag eines Menschen wirklich nur wenige Momente, wo absolute Ungestörtheit erwünscht war. Das war auch der Grund, wieso er als Einzelperson seine Zimmertür nur in Ausnahmefällen mit diesem Schild dekorierte. Das hatte er nun von seiner komischen Einstellung. Einzig die Neugier über die klopfende Person dämpfte seinen Ärger. Es war ein Hotelangestellter, der den Bestand der Minibar kontrollieren musste.

Zwei Stunden später saß Frank an einem Tisch im »1840«, einem typisch gemütlichen Restaurant in den Hackeschen Höfen. Das Lokal war eingebettet in den Brückenbogen der Berliner S-Bahn und verströmte eine ungezwungene Atmosphäre. Entsprechend waren die Tische auch mit Feierabendgenießern, Essensgästen, Paaren und Einzelpersonen belegt, die aber alle irgendwie urig, standfest und geerdet wirkten. Dass sich die meisten auch für die rundherum platzierten Bildschirme interessierten, machte das Lokal nicht unsympathischer. Die Spiele der Bundesliga waren auch hier der absolute Renner.

Während Frank an seinem Tisch auf sein Bier wartete, kam ihm Kevin wieder in den Sinn. Die Abfahrt in der schicken Limousine ließ ihn annehmen, dass Kevin als CEO eines großen Unternehmens souverän, kompetent und ohne Aussetzer Geschäftsleitungsmeetings leitete und mit Argumenten, gewinnendem Lächeln und überzeugtem Auftreten den Bereichsleitern die Strategie der nächsten drei Jahre präsentierte. Ein Mann von Welt. Und dann sah er ihn heute in seinem Berlinurlaub wie ferngesteuert durch die Stadt und das KaWeDe wandeln. Dass dies der ein und derselbe Mensch sein sollte, das passte für ihn nicht zusammen.

Er sah sich im Lokal um und fragte sich, ob die Menschen hier auch solch konträre Doppelleben führten. In dem Moment unterbrach die Kellnerin seinen Gedankengang und brachte ihm einen Gourmetteller mit gutbürgerlicher deutscher Hausmannskost: zwei Currywürste, zwei Buletten, Berliner Kartoffelsalat, Krautsalat, ein Schälchen mit Senf und dazu ein frisch gezapftes Pils. Er merkte kaum, wie sich um ihn herum die Plätze füllten. Alle platzierten sich auf den Stühlen in Blickrichtung der Bildschirme.

Als fast alle Plätze besetzt waren, fragte ein junger Mann Mitte 30, ob er sich an seinen Tisch setzen dürfte. Sein Äußeres unterschied sich deutlich von den anderen Gästen. Eher bleich und hager war er seiner Kleidung nach zu urteilen irgendwo zwischen Lagerist oder Handwerker einzuordnen. Frank kam seine Anwesenheit aber recht gelegen: So wurde seine Außenseiterposition als Tourist und Fremdling etwas entschärft.

Doch schon bald stand das Spiel »Hertha Berlin – Bayern München« auf dem Bildschirm im Vordergrund und alles andere wurde zweitrangig. So fiel Frank auch nicht auf, dass die forsche Kellnerin sein Gegenüber neben seiner Pils-Bestellung »Ein kleines, bitte« zu einem Kartoffelsalat nötigte.

Die Bayern-Tore lösten in der Hertha-Hochburg nur mäßig Begeisterung aus. Erst jetzt bemerkte Frank die blauweißen Fähnchen und Girlanden. Er sollte wohl besser seine Bayern-Sympathien nur verhalten zeigen. Spätestens in der zweiten Halbzeit wurde klar, dass den Bayern unter normalen Gegebenheiten der Sieg nicht mehr zu nehmen war. Das Bier wurde im Lokal wieder wichtiger und manch einer erinnerte sich an den morgigen Arbeitstag und machte einen frühen Abgang.

Franks Tischnachbar saß fast das ganze Spiel über regungslos auf seinem Stuhl, den Rücken Frank zugewandt, außer, als er seinen Kartoffelsalat fast andächtig aß. Erst mit der Tagesschau in der Halbzeitpause zeigten seine Gesichtszüge mehr Regung. Die Sprecherin berichtete von den Ausbauplänen der VW-Werke in einem naheliegenden Berliner Stadtteil. Da glaubte Frank, ein kurzes Lächeln auf seinem Gesicht zu sehen. Dieses verfinsterte sich allerdings schnell wieder, als die Kellnerin ihm fordernd mit offener Geldtasche einen handgekritzelten Beleg neben den Teller legte.

»Zwei kleine Pils und ein Kartoffelsalat ohne Brötchen, das macht 12,80 Euro, bitte.«

Er stutzte. »Aber ... auf der Karte kostet das Pils 3,20 Euro und der Kartoffelsalat 5,60 Euro«, meinte der junge Mann scheu.

»Die Preise sind ohne Mehrwertsteuer, steht da unten schwarz auf weiß«, wies sie ihn zurecht. Und tatsächlich, in diese Falle war Frank auch schon getappt, als er über die vermeintlich günstigen Preise staunte.

Ratlos saß der junge Mann da und zählte die letzten Centstücke aus seinem Portemonnaie. Sein offenes Portemonnaie bot einen mitleidigen Eindruck. Das Notenfach war leer, keine Kreditkarte sichtbar, nur die Oberkante irgendeiner Rabattkarte eines großen Warenhauses schaute hervor. Aber sonst nichts. Als er den Flügelteil seines alten Portemonnaies wieder zuklappte, wurde ein Foto sichtbar: Eine junge Frau mit zwei strohblonden fröhlichen Kindern lachten Frank entgegen.

»Komme später wieder«, mahnte die Kellnerin und eilte mit vorwurfsvollem Blick und rasselnder Servierbörse davon.

Verlegen schaute sich der Mann im Lokal um, doch er wusste keine Lösung. Verglichen mit seinem eigenen Lebensstandard kam Frank die Situation äußerst beschämend vor, als sein Tischnachbar ihn schließlich nach dem fehlenden Betrag fragte und erklärend hinzufügte: »5,80 Euro – der Kartoffelsalat war nicht geplant und hat mein Budget über den Haufen geworfen.«

Das Wort Budget ließ Frank stutzen. Hatte der Mann geplant, dass ein Abend wie dieser nur zwei kleine Bier zuließ? Irgendein Gefühl zwischen Beschämung und Neugierde überkam ihn. Er nahm allen Mut zusammen und suchte nach einer Antwort, in der keine vermeintliche Überheblichkeit durchklingen sollte. Schon öfters kamen seine Worte nicht so an, wie er sie eigentlich übermitteln wollte.

»Machen Sie sich keine Sorgen, ich übernehme den Rest.« Irgendwie schien ihn Franks Angebot nicht zu überzeugen.

Nach kurzem Zögern meinte er: »Ich kenne Sie ja nicht. Wie kann ich es Ihnen zurückzahlen?«

Franks Handbewegung sollte die Antwort sein. »Ist schon ok, aber ... Bitte beantworten Sie mir doch eine Frage, wenn es Sie nicht stört ... Reicht Ihr Einkommen tatsächlich nicht für einen Kartoffelsalat?«

Jetzt war die Frage raus. Frank hatte es sich in Berlin zur Gewohnheit gemacht, mit jeder Person, sei es ein Bettler, Obdachloser oder sonst wie Bedürftiger, der er etwas spendete, auch zu reden.

Also drängte es ihn, auch seinen Tischnachbarn Damian – so könnte er heißen –, nach seinen Gründen zu fragen.

Er wunderte sich, warum dieser so erstaunt reagierte. Vielleicht war Frank einfach zu indiskret, vielleicht hatte ihm noch nie jemand eine solche Frage gestellt, vielleicht staunte er über so viel Unwissenheit oder vielleicht hielt er Frank auch nur für einen Bluffer oder Volltrottel. Weder noch. Offenbar hatte ihn Franks ehrlicher Blick überzeugt. Er seufzte, rückte den Stuhl zurecht.

»Wissen Sie ... ich denke, Sie können sich das nicht vorstellen ... Mit meiner kleinen Familie lebe ich dauernd auf der Kante. Was ich hier verdiene, reicht kaum für ein Auskommen. 3.600 Euro erhalte ich für 140 Stunden Arbeit im Monat. Davon gehen Steuern, Sozialleistungen, Krankenversicherung ab, dann 750 für die Miete, 550 für Essen, 200 für Kleider und das Geld ist weg. Heute bin nur dank meiner Frau hier. Sie hat mir zum Geburtstag geschenkt, dass ich dieses Bundesliga-Spiel hier anschauen kann, mit zwei Bier. Für einen gemeinsamen Besuch hat es nicht gereicht. Und jetzt dieser Kartoffelsalat ...«

Er bemerkte nicht, dass die Kellnerin zwei weitere kleine Pils auf den Tisch gestellt hatte, während er von seiner schwierigen Kindheit, seinem vermissten Vater, seiner dürftigen Schulbildung, seiner glücklichen Ehe mit Sabine, seinen süßen Kindern, seiner Angst um seinen Arbeitsplatz, seinen unablässigen Sorgen um Geld und von seinen kurzfristigen Wünschen und Plänen erzählte.

»Aber wissen Sie«, sagte er, während er aufstand. »Es gibt hier in Berlin immer noch Tausende, die würden ohne Wenn und Aber liebend gern ihr Leben mit meinem tauschen wollen, sofort!«

Als Damian von der Toilette zurückkam, war der Tisch leer. Frank war gegangen und hatte die Rechnung bezahlt. Damians Erzählung und die Situation hatten ihn beschämt und sein letzter Satz tief beeindruckt: »Es gibt hier in Berlin immer noch Tausende, die würden ohne Wenn und Aber liebend gern ihr Leben mit meinem tauschen wollen.«

Nachdenklich irrte Frank zwei Stunden durch das nächtlich erleuchtete Berlin, bevor er die Tür zu seinem exquisiten Hotelzimmer aufschloss. Damian hatte Franks Wertevorstellung zerstört. Noch blieben ihm drei Tage seiner Auszeit.

Das Notebook auf dem kleinen Pult meldete neue E-Mail-Eingänge.

....

21:05 Uhr
pirmin.deville
> frank.egger
Betreff: Warum ich?

Salut Frank,
heute, und auch die Tage zuvor, hat mich Antonia besucht. Sie sitzt an meinem Bett, plaudert mit mir, wenn ich mag, und liest in einem Buch, wenn ich müde bin. Sie liest mir jeden Wunsch von den Augen ab und bringt mir alles, was ich mir wünsche.
Oft sitzen wir einfach da, beide still und in Gedanken versunken. Es fällt kein böses Wort, es werden keine alten Geschichten aufgewärmt und all unsere Kleinkriege sind weit entrückt. Und dann schwebt eine sonderbare Harmonie im Zimmer. Du kannst dir nicht vorstellen, wie mich das irritiert.
Was führt zu diesem Szenenwechsel? Ist es kalkulierte Taktik? Ist es Einsicht? Ist es Erkenntnis? Ist es einfach

Mitleid? Oder sind es Regungen jener Liebe, mit der vor 30 Jahren unsere Geschichte begonnen hat? Ich weiß es nicht. Frank, es ist ein Rätsel, einfach ein Rätsel.
LG
Pirmin

....

22:02 Uhr
frank.egger
> pirmin.deville

Lieber Pirmin,
hm, warum unterstellst du Antonia schlechte Absichten? Nichts wäre einfacher für sie, als dich alleine im Krankenhaus schmoren zu lassen. Es ist nie zu spät, Dinge zu ändern. Was unser Stolz und Ego in all den Jahren nicht zulässt, machen solche Situationen möglich. Die wahren Prioritäten melden sich plötzlich. Man erkennt, mit welchen Banalitäten man sich das Leben schwer macht. Die Anwesenheit von Antonia müsste dir doch zu Ruhe und schneller Genesung helfen.
Oh, was man bei anderen alles erkennt, statt vor der eigenen Tür zu kehren …
Gruß
Frank

22:46 Uhr
pirmin.deville
> frank.egger

Ja, lieber Frank, wie recht du hast. Leider ist das nur meine halbe Geschichte.
Unvorstellbar, welche Gedanken im Moment mein Hirn zermartern. Sind es die Medikamente, mein absehbares Ende, mein Gewissen oder erste Hinweise aus dem Jenseits, die alles an die Oberfläche treiben?
Ich habe im Leben einigen Mist gebaut. Vor allem im Rückblick.
Frank, es gibt einen Namen, den du noch nie aus meinem Mund gehört hast: Alina. Der Name Florence, meine zwischenzeitliche große Liebe, wird dir geläufiger sein. Nächtelang haben wir mit IQ4 über meine außereheliche Beziehung diskutiert. Treue? Ehrlichkeit? Familie? Was ist Liebe? Kann man zwei Menschen lieben? Eine wirkliche Lösung hat sich nie ergeben. Und so setzte sich mein Dilemma fort, über Jahre. Mit Vertuschungen, Lügen und Unwahrheiten. Was Florence und mich an diese beglückende Zeit erinnert, hat einen Namen: Alina. Ein hübsches, lebhaftes Mädchen mit blonden Haaren, genau wie ihre Mutter. Inzwischen ist sie zehn Jahre alt und seit Florence unsere Beziehung enttäuscht beendet hat, habe ich sie kaum mehr gesehen.

Mit Geld regelte und regle ich heute noch alles, damit sich meine beiden Welten nicht kreuzen. Mit immensem Aufwand habe ich meine Pflichten aneinander vorbeijongliert. Aus dem kurzen Glück wurde große Belastung. Es war nicht der geschäftliche Stress, der mich fertig machte. Nein, es war dieses Versteckspiel, das mich innerlich zerstörte und jegliche Glücksgefühle auslöschte.
Heute bereue ich alles zutiefst. Florence, der ich eine Hochzeit versprochen hatte, Alina, der ich eine vaterlose Jugend zugemutet habe, Antonia, die ich jahrelang belogen habe und meine Kinder, die ich herzlos getäuscht habe.
Lieber Frank, du siehst, es ist nicht nur meine Endlichkeit, sondern das Doppelspiel meiner Vergangenheit, an der ich zu leiden habe.
Ich wage nicht daran zu denken, wenn sich an meiner Beerdigung alle gegenüberstehen. Antonia würde meine Urne zertrümmern. Meine Kinder würden ihre Ansprachen zerreißen, die Anwesenden würden die Kirche mit tiefster Verachtung verlassen und die Erinnerungen an mich, die guten wie die schlechten, wären für immer zerstört. Ein Desaster. Ein unvorstellbares Drama, auch wenn der Hauptdarsteller nicht mehr dabei ist.
Es bleibt mir nichts übrig, zum Wohle aller, diese Situation auch über mein Ableben hinaus aufrecht zu erhalten.

Du hast mir etwas versprochen. »Klar« war dein Wort!
Mit tiefstem Dank
Pirmin

....

23:16 Uhr
frank.egger
> pirmin.deville

Puh, ich muss mal durchatmen …

....

23:39 Uhr
frank.egger
> pirmin.deville

Lieber Pirmin,
mir fehlen die Worte. Mein lieber Himmel … was hat dich da geritten?
Du stürzt mich echt in eine Sinnkrise. Was ist mir in dieser Situation wichtig? Unsere Freundschaft? Die Wahrheit? Freundschaft oder Wahrheit? Freundschaft statt Wahrheit? Freundschaft und Wahrheit?
Wenn ich es mir so überlege: Hoffentlich wird Antonia deine Urne zertrümmern. Das würde meine Silvie und wohl jede andere Ehefrau auch tun. Es würde jedes Herz zertrümmern.

Willst du wirklich die Angelegenheit auf diese Weise lösen? Und nochmals alle, Antonia, Florence und deine unsichtbare Tochter Alina in neues Elend stürzen? Ihr restliches Leben zerstören und ihr Recht auf inneren Frieden endgültig zertrampeln? Boah, ich weiß nicht. Einfach auf und davon und nach dir die Sintflut? Immerhin hättest du noch genügend Zeit, alle aufzuklären und ehrlich um Verzeihung zu bitten. Ein Vorgehen, das zwar schmerzt, aber allen zumindest die Tür für die Verarbeitung öffnet, auch dir.
Überleg es dir, mein Freund.
Auf meine Verschwiegenheit kannst du zählen, ehrlich.
Frank

....

23:52 Uhr
pirmin.deville
> frank.egger

Ich erwartete eigentlich eine Antwort und keine Moralpredigt ...
Pirmin

27

JANIE

Als Andrea sich zur Nachtwache ins St. Joseph-Krankenhaus verabschiedete, machte es sich Janie auf der Sitzgruppe bequem. Sie hatte den Trinkvorrat von Andrea aufgefüllt und konnte sich ohne Schuldgefühle noch ein Gläschen genehmigen.

Als ob Janies iPhone ihr Alleinsein bemerkte, signalisierte es dreimal den Eingang einer WhatsApp-Nachricht. Ohne diese zu öffnen, sah sie, dass sich bereits 23 WhatsApp-Nachrichten angestaut hatten. Sie hatte für sich beschlossen, in diesen vier Tagen einfach mal offline zu sein und ihren Alltag auf Eis zu legen. Kein 7-to-20-Arbeitstag, kein Espresso im Stehen, keine langwierigen Business Talks, kein Walter H. Bischof, keine zerzausten Business-Pläne, keine unrealistischen Zielsetzungen, keine selbstherrlichen Terminvorgaben, kein einschlafender Moritz, keine seitenlange To-do-Liste, keine Modezeitschriften mit unzähligen Post-its, kein übervolles E-Mail-Postfach, keine Rechtfertigungen für aufgezwungene Maßnahmen, kein Mobbing der nachdrängenden Möchtegern-CEOs, kein freundliches Lächeln für schamlos fordernde Kunden, keine halbwahren Beschönigungen für profithungrige Aktionäre, keine Absagen von zickigen Star-Modellen, keine Gefälligkeitsgeschenke wegen in Aussicht stehender Aufträge, keine geschmeichelte Anerkennung für Kundengattinnen in miserablen Outfits, kein Nachtessen mit aufdringlichen Geschäftspartnern, keine schmeichelhaften E-Mails von früheren Lebenspartnern oder Freunden, keine Erinnerungen mehr an die Zeit mit Louis, kein schlechtes Gewissen wegen des abgesagten Klassentreffens und auch kein Mitleid mit ihrem mehrheitlich einsamen Leben in Luxus.

So hatte sie sich ihre Zukunft vor 20 Jahren bestimmt nicht vorgestellt. Aber irgendwie war sie im Laufe der Jahre durch ihren Job und ihre Ansprüche an das Leben in diese Rolle gedrängt worden. Oft fühlte sie sich echt mies, wenn sie glücklichen Familien oder verliebten Pärchen auf der Straße begegnete. Aber sie war Realistin genug, mit ihren 48 Jahren nichts Unrealistisches vom Leben zu erwarten. Sie war zufrieden, wenn sie sich während des Berlinaufenthalts von der Business-Janie befreiten konnte. Insgeheim suchte sie nach dem Reset-Knopf, der mit einem Schlag ihre Wunschwelt wahr machen würde.

Umso enttäuschter war sie, als Andrea den 25E-Passagier als Fantasie abkanzelte und in die Kategorie »vom Regen in die Traufe« einstufte. Es war auch Janie in der Tat etwas suspekt, so kurz nach der endgültigen Trennung von Louis den Mann des Lebens zu finden. An eine solche Fügung in einem 48-jährigen Leben konnte auch sie nicht wirklich glauben. Und doch, 25E ging ihr nicht mehr aus dem Kopf …

War es ein schlechtes Omen, dass auch die Freundschaft mit Louis mit einem Lächeln in einem Flugzeug angefangen hatte? Doch Louis war ein Draufgänger und ließ sich auf dem zehnstündigen Überseeflug nach New York sofort durch eine Flugbegleiterin in die Sitzreihe neben sie umplatzieren. Mit dem fadenscheinigen Grund, dass er an einem Fensterplatz immer von Höhenangst befallen werde.

Janies Sitznachbar war überhaupt nicht erfreut, vier Reihen weiter vorne und nicht mehr neben seiner Partnerin sitzen zu dürfen. Doch die Flugbegleiterin antwortete nur kühl, dass den Anweisungen des Personals Folge zu leisten sei. Dass Louis mit einem happigen Trinkgeld nachgeholfen hatte, vernahm Janie erst später. Als Banker hatte Louis das Gefühl, die Welt ließe sich mit Geld regeln. Devisen, Zahlen, Börse und Kurse waren seine Welt. Es schockten ihn stürzende Kurse, aber nicht, zu seinem schwarzen Anzug und einem blaukarierten Hemd eine grasgrüne Krawatte zu tragen. Was Janie anfangs noch als selbstbewusst einordnete, nervte sie zunehmend, umso mehr, weil er seinen Kleidergeschmack selbstgefällig als extravagant einstufte. Das Ende war dann absehbar, als Louis ihr eine offene Beziehung anbot und ihr dies als das Normalste in einer Partnerschaft anpries.

Solche Eskapaden traute sie 25E in keinem Augenblick zu. Seine Augen schienen zu ehrlich und die Achtsamkeit, wie er sorgfältig und bewusst seine Bree-Brieftasche zurück in die Innentasche steckte, zeigten ein anderes Niveau und Souveränität auf andere Art. Sie konnte sich nicht erinnern, in einem ihrer früheren Freunde diese Eigenschaften erkannt zu haben.

Sie versuchte, sich von diesen Gedanken zu lösen. Doch immer wieder spürte sie, dass sich 25E wie ein Tattoo in ihre Gefühlswelt eingebrannt hatte.

Irgendwie hatte sie gehofft, dass ihre Botschaft im Hotel Alconte eine Reaktion zeigen würde. Doch wie sollte 25E anhand einer Swiss-Sitzplatznummer eine Person in Berlin finden? Zudem wusste sie auch nicht, ob sich 25E noch in diesem Hotel befand und ob sein Lächeln einfach eines von vielen routiniert verschenkten Lächeln war. Außerdem hatte sie keine Ahnung, was der Grund von 25E für seinen Aufenthalt in Berlin war.

Wie auch immer. Eine innere Stimme drang sie zu einem zweiten Versuch.

Aber auch ein weiteres Glas des lieblichen Amarone flüsterte ihr keine geeignete Idee ein. Einfach anrufen, schien ihr zu plump und ihre Handynummer bei der Rezeption zu hinterlegen, entsprach nicht ihrem Stil. Inzwischen hatte sich die Anzahl der WhatsApp-Nachrichten um weitere elf auf 34 erhöht. Doch sie hielt ihrer Neugier stand, diese aufzurufen.

28

ANDREA

Normalerweise ist Andreas Job nicht so hektisch. Das kleine St. Joseph-Krankenhaus in der Nähe der Hackeschen Höfe verfügte nur über 110 Betten. Die Hälfte davon war von Pflegepatienten belegt, einen Teil beanspruchte die Chirurgische Abteilung, einige waren für Wöchnerinnen reserviert und einige wenige mussten für Notfälle freigehalten werden.

Nach dem Schichtwechsel und der Übergabe um 22 Uhr kehrte schnell Ruhe ein. Ein Licht ums andere erlosch, und mancher Patient wartete, bis auch ihn der Schlaf für einige Stunden von den Schmerzen befreite.

An diesem Abend war Andrea der stationären Abteilung im vierten Stock zugeteilt. Sie war alleine und für diesen Stock verantwortlich. Überhaupt war während der Nachtstunden nur wenig Pflegepersonal anwesend. Andrea war es gewohnt, bei Notfällen oder komplizierten Pflegefällen auch auf anderen Stationen auszuhelfen.

Sie liebte das regelmäßige Ritual der Nacht. Bis um Mitternacht verteilte sie Tabletten, maß dem einen oder der anderen den Blutdruck, half ihm oder ihr, sich auf die andere Seite zu drehen, schüttelte und wendete die Kissen auf die kühle Seite, schenkte Wasser nach oder tröstete die kranken, hilflosen Patientinnen und Patienten über ihr Schicksal hinweg. Nach Mitternacht drückten meistens Patientinnen und Patienten mit Seelennöten die Notruftaste. In der Nacht sahen die Sorgen und Ängste oft bedrohlicher aus. Doch Andrea konnte meistens nur mit einer Schlaftablette helfen, die dank ihrer Stärke in den Schlaf führte.

Gegen ein Uhr saß Andrea in ihrem Stationsbüro, eine Tasse Kaffee vor sich. Doch statt sich um den Papierkram zu kümmern, drängten sich in der Stille ihre eigenen Ängste und Sorgen in den Fokus: das ewig knappe Geld, die flügge gewordene Nina, ihre Zukunft in der Klinik und nicht auch zuletzt ihr Alleinsein.

Außer durch Nina verband sie nicht mehr viel mit ihrem früheren Freund Ralph. Bereits nach zwei Jahren, mitten während der Schwangerschaft mit Nina hatte er sich davongemacht. Und nicht nur das Glück, sondern auch einen schönen Teil des Ersparten hatte er mitgenommen. Die Zeit heilte keine Wunden. Noch heute, nach 19 Jahren, schmerzte sie die abrupte und unerwartete Trennung. Ihre Träume aus der Mädchenzeit von einer kleinen Familie, einem liebevollen Ehemann und einem kleinen Häuschen zerplatzten im Nichts. Noch schlimmer, sie war nicht mehr fähig, ihr Herz für neues Glück zu öffnen.

Während sie fast regungslos so dasaß und ihren Gedanken nachhing, blinkte plötzlich die rote Lampe und holte sie in die Gegenwart zurück. Hatte sie geschlafen? Etwas verpasst? Schnell ergriff sie den Hörer und wählte die »18«, die Nummer, die in solchen Fällen anzurufen war.

»Hier Notfallstation, Rüdiger, hallo Andrea, wir haben einen Notfall, kannst du bitte sofort kommen?« Rüdiger Blank war der Notfallarzt der Klinik, der heute Nachtdienst hatte. Ein ruhiger, besonnener und darum beliebter Arzt. Wenn er ruft, dann war an der Notwendigkeit nicht zu zweifeln. Schnell legte Andrea ihren weißen Kittel an, versorgte das kleine Notrufgerät und ihr Mobiltelefon in der linken Tasche, schlüpfte aus den bequemen Birkenstock-Pantoffeln in die flinken Adidas-Turnschuhe, schloss die Tür und ging zügigen Schrittes durch den Gang zum Personallift, der sie direkt in die Notfallaufnahme brachte.

Sie hatte in solchen Situationen stets gemischte Gefühle vor dem, was sie erwarten würde. Vor allem wenn nachts ein Notfall ins St. Joseph eingeliefert wurde, war es besonders dringend, dann waren die auf der Prioritätenliste weiter oben stehenden Krankenhäuser bereits überfüllt. Zwar war es für sie nichts Ungewöhnliches, Notfälle zu betreuen. Sie verstand sich als routinierte Hilfeleistende und konnte selbst in schrecklichen Situationen ruhig und überlegt agieren. Noch wusste sie nicht, was sie erwartete, als die Anzeige »1. UG« aufleuchtete und sie hastig den Fahrstuhl verließ. Das grelle Licht der Notfallstation blendete sie. Und sie sah, wie Dr. Blank und sein Assistent eine verwahrloste Person von der Ambulanzbahre auf die Behandlungsliege umbetteten. Der Rettungssanitäter hängte die Infusionsflasche an den Ständer und verabschiedete sich mit einem mitleidigen Blick. Der Mann stöhnte. Sein Bein war notdürftig bandagiert und am Kopf klaffte eine große, stark blutende Wunde. Dr. Blank las gerade das Einlieferungsprotokoll, das von den Rettungssanitätern abgegeben wurde. Sturz vom zweiten Stock, offener Beinbruch, Kopfwunde, vermutlich schwere innere Verletzungen. Ist nicht ansprechbar. Name: unbekannt, vermutlich obdachlos. In der zerfetzten Kleidung wurden keine Papiere oder sonstige Hinweise gefunden.

»Dass der den Sturz überhaupt überlebt hat, ist ein kleines Wunder«, murmelte er. Und dann leicht ärgerlich, »dass diese Sozialfälle immer bei uns eingeliefert werden«.

Das Wissen, dass im St. Joseph-Krankenhaus nicht ohne Kostenübernahmeregelung operiert werden durfte, ließ ihn Schlimmes erahnen. Für nicht registrierte Obdachlose gibt es keinen Schutz. Er wusste, dass die Abklärungen auf dem Amt für Obdachlose viel länger dauern würden, als der armselige Alte in diesem Zustand noch an Lebenszeit vor sich hatte. Aber ihm waren die Hände gebunden.

Andrea machte sich bereit, als Erste-Hilfe-Leistung die blutende Kopfwunde zu desinfizieren. Als sie den Kopf leicht drehte und sein Gesicht sah, stockte ihr das Blut in den Adern.

Es war der Alte, dem sie jeden Morgen eine Tasse Kaffee hinstellte. Ein unglaubliches Gefühl von Mitleid und Schmerz durchfuhr sie. Es war nicht irgendein Obdachloser.

Es war der Alte, der sich bei Hitze, Kälte, Schnee und Regen für jeden Becher Kaffee mit einem guten Rat bedankte.

»Du musst operieren, Rüdiger, ich kenne ihn«, rief Andrea. Dr. Blank schaute nur ungläubig, was in Andrea gefahren war und schüttelte den Kopf.

»Ich darf nicht. Es sind die Richtlinien des Hauses, die Operationskosten sind vorher sicherzustellen. Das hier würde sich bestimmt auf 5.000 Euro belaufen.« Mitleidig schaute er Andrea an und ergänzte, »du kennst doch die Konsequenzen«.

Noch nie hatte sich Andrea so hilflos gefühlt. Einen Menschen dem sicheren Tod auszuliefern, das traf sie in ihrem tiefsten Innern. Läge Direktor X der Firma Y vor ihnen, so wäre die gesamte Operationsmaschinerie bereits am Laufen. Aber das Leben eines alten Obdachlosen war es nicht wert genug.

»Wir könnten für die 5.000 den Spezialfonds belasten, dessen sich das Krankenhaus in der Öffentlichkeit immer rühmte«, schlug Andrea verzweifelt vor. In Härtefällen dürfen wenig Begüterte einen Zuschuss aus dem Solidaritätsfonds beanspruchen, wie es vollmundig in der Imagebroschüre der Klinik formuliert stand.

»Weißt du, wie spät es ist? Wer soll uns da die Zustimmung geben?« Dr. Blank schüttelte den Kopf und gab bereits Anweisungen, den Patienten zu stabilisieren und auf die Intensivstation zu verlegen.

Niemand hatte bis dahin die lumpige Gestalt auf einem abseitsstehenden Stuhl in der Notaufnahme bemerkt. Vermutlich hatte sie sich mit dem Alten hier eingeschleust. In sich zusammengesunken, aber mit wachen Augen verfolgte sie das unwürdige Feilschen um die Operation. Andrea erschrak, als diese Gestalt plötzlich neben ihr stand.

»Wer sind Sie? Wo kommen Sie her? Verschwinden Sie«, herrschte sie ihn an. Ohne eine Antwort zu geben, griff die Gestalt nach dem Mobiltelefon, das Andrea neben sich liegen hatte. Andrea war unfähig zu reagieren und schon hörte sie ihn leise und eindringlich ins Handy sprechen. Sie verstand nicht viel außer einigen Wortfetzen wie »St. Joseph-Krankenhaus Berlin … dringend … 5.000 …«. Die ärmliche Gestalt klappte ihr Handy zu und reichte es ihr.

»Operieren Sie sofort, das Geld ist unterwegs!«, forderte der Unbekannte, blitzte Andrea mit seinen stahlblauen Augen an und schlurfte langsam durch den Eingang der Notaufnahme in die Nacht hinaus. Kaum war er verschwunden, traf die Kostenübernahme einer Schweizer Bank im St. Joseph-Krankenhaus ein.

Es dauerte, bis Andrea begriff, was da soeben abgelaufen war. Plötzlich erwachte die Notfallstation. Rüdiger Blank bot rasant sein Notfallteam auf. Die OP-Schwester schnitt die Kleider des Alten auf, der aus dem Nichts aufgetauchte Röntgenassistent startete seine Maschine für die CT-Aufnahmen und die Anästhesistin prüfte ihre Checkliste und legte den Zugang in die Vene. Alles lief schnell und planmäßig, wie bei Direktor X der Firma Y.

Aber der Gönner war verschwunden. Die Schwingtür des Ausgangs war zum Stillstand gekommen. Es dauerte nicht lange, bis sich Andrea wieder an die stahlblauen Augen und die weißen Zähne erinnerte. Das verwirrte sie noch mehr. Ein Obdachloser, der seinem ebenfalls obdachlosen Kumpel eine Operation ermöglichte, 5.000 Euro auf den Tisch zauberte und dann verschwand. Wie konnte das zusammenpassen? Doch Andrea wurde schnell in die Wirklichkeit zurückgeholt. Für die bevorstehende Operation des Alten wurde ihre Assistenz benötigt.

Der Morgen dämmerte bereits, als sie den Heimweg antrat.

29

CLAUDE

Claude trat von der Notfallambulanz hinaus in die dunkle Nacht. Soeben hatte er die rauesten Seiten des Bettlerlebens kennengelernt. Dass er sein Leben hatte retten können, hatte er einzig und allein dem Alten zu verdanken. Der Alte spürte, dass etwas im Anzug war. Als erfolgreichster seiner Gilde hatte er nicht nur Freunde. Nein, die Neider waren in der Überzahl. So passte es ihnen nicht, dass der Alte sich nicht um Reviergrenzen scherte und dadurch schöne Erlöse erfrevelte. Und dass er mit Claude einen seltsamen Typen mitschleifte, passte ihnen erst recht nicht.

Schon dreimal war der Alte vom runden Joe bedroht und aufgefordert worden, die Gegend zu verlassen. Der runde Joe hatte sich mit Drohungen und roher Gewalt als Revierboss installiert und drangsalierte die ganze Szene. Doch der Alte fühlte sich autonom und niemandem zu etwas verpflichtet.

An diesem Abend hatte sich der Alte entschieden, Claude in sein drittes Nachtquartier einzuweihen. Es lag zwischen den Verstrebungen einer Autobrücke auf einem Gitterrostboden über der U-Bahn. Die vorbeirauschenden Züge schaufelten Wärme in die Höhe, was in kalten Nächten äußerst willkommen war. Einladend war der Ort nicht gerade. Düstere Graffitis und dunkle Ecken vermittelten eine unheimliche Atmosphäre. »Hier ist mein Fünf-Sterne-Quartier!«, schmunzelte der Alte ironisch und zeigte nach oben. Eine Eisenleiter führte hinauf. Der Alte voran, Claude ihm folgend, kletterten sie Tritt für Tritt nach oben. Doch die Ankunft war unerfreulich. Drei finstere Typen saßen in der hintersten Ecke. Der erste Blick machte deutlich, dass diese nicht zum Übernachten hier waren.

Der Alte erkannte sofort, mit welchen Absichten sie gekommen waren.

»Was verschafft mir die Ehre?«, setzte er zur Begrüßung an.

»Joe lässt ausrichten, du sollst verschwinden, sofort und für immer«, forderte der Anführer, während sich die drei Typen bedrohlich vor ihnen aufbauten. Jedenfalls sah er wie ihr Anführer aus, denn er stand in der Mitte und war deutlich älter als die anderen. Sein Blick war auch etwas weniger alkoholvernebelt.

»Hau ab, sofort, und zwar mit dem Typen da, der weiß zu viel!« Er zeigte auf Claude.

Hin und wieder brauste direkt unter ihnen eine hell erleuchtete U-Bahn durch, die jedes Wort unverständlich machte. Der Alte machte eine abschätzige Handbewegung und erklärte etwas in unverständlichem Berliner Dialekt.

Claude bemerkte sofort, dass über ihn gesprochen wurde und dass das Gespräch immer weiter eskalierte. Sein Hirn arbeitete auf Hochtouren. Er sah, wie der Anführer langsam in ungelenken Schritten auf den Alten zukam und ihn zur Seite zu schieben versuchte.

Erst jetzt begriff Claude, dass die Lektion ihm galt. Er drehte sich um, um über die Treppe die Flucht zu ergreifen. Doch plötzlich stand dort der andere finstere Kerl. Sein dicker weißer Bauch blitzte unter dem schwarzen Shirt hervor und die von Tätowierungen bedeckten Oberarme waren nicht von Pappe. Der Typ versperrte ihm den Rückweg. Plötzlich ging alles blitzschnell. Noch während der Alte mit halb erhobenen Armen beschwichtigend auf den Anführer einredete, wollte der sich auf Claude stürzen, doch der Alte stellte sich entschlossen dazwischen. Da traf ihn eine harte Faust im Gesicht. Und noch eine, bis sich der Alte nicht mehr auf den Füßen halten konnte, das Gleichgewicht verlor, seitlich kippte und zwischen den Querstangen des notdürftigen Geländers in freiem Fall auf das darunter liegende Gleis stürzte.

Jetzt erwachte Claude aus seiner Erstarrung und bugsierte den Typen mit dem dicken Bauch vor der Treppe mit zwei gezielten Fußtritten beiseite. Auch den zweiten, der ihn packen wollte, schlug er mit unbekannter Kraft aus dem Weg und kletterte die Treppe hinunter. Er wusste, dass alle zwei, drei Minuten eine U-Bahn vorbeibrauste. Schon sah er zwei Scheinwerfer nahen. Er musste den Alten von den Gleisen retten. Er musste! Das Gesicht des Alten war blutüberströmt, der Arm verdreht und auch Unterschenkel und Fuß sahen übel aus. Mit letzter Kraft zog er den stöhnenden Alten von den Gleisen und Sekunden später donnerte die U-Bahn mit schrillem Pfeifen haarscharf an Claudes Kopf vorbei.

Auf dem Zwischenboden über ihnen waren lautes Geflu-che und Gebrülle zu hören. Aber mit dem Geräusch der U-Bahn war auch die Bande verschwunden. Kein Ton war mehr zu vernehmen, nichts, als hätten sie sich in Luft aufgelöst.

Claude kniete wie versteinert neben dem Alten, als er im Haus gegenüber der Bahngleise im Fenster eine Gestalt bemerkte, die das ganze Treiben vermutlich verfolgt hatte. An dieser Stelle fuhr die U-Bahn überirdisch.

Der Alte gab keine eindeutigen Lebenszeichen mehr von sich. Er musste dringend Hilfe holen.

Aber wie konnte Claude Hilfe organisieren? Die Person im Fenster war verschwunden.

Während er noch sein Taschentuch auf die blutende Kopfwunde des Alten drückte, hörte er aus der Ferne die Sirenen einer Ambulanz. Winkend stellte er sich an die Straße und wies die Sanitäter zu dem schwerverletzten Alten. Als wenige Augenblicke später das Polizeiauto folgte, war Claude verschwunden. Er wusste nicht, dass er sich damit zum meistgesuchten Bettler in Berlin machen würde.

30

CLAUDE

Langsam trottete Claude vom Krankenhaus in Richtung seiner Schlafecke. Er war noch keine Viertelstunde unterwegs, da schossen aus dem Dunkel einer Garageneinfahrt drei Polizisten hervor, drückten ihm die Arme auf den Rücken und schon klickten die Handschellen. Er war zu verblüfft, um auch nur irgendeine Reaktion zu zeigen, geschweige denn, seine Festnahme infrage zu stellen. Sie wäre auch wenig hilfreich gewesen, denn sein markanter Wuschelkopf und sein erbärmlicher Anblick genügte den Beamten zur Identifikation. Und die Blutflecken auf seiner Weste dienten auch nicht gerade zu seiner Entlastung.

Da saß er nun in einer spartanischen Zelle eines Berliner Untersuchungsgefängnisses auf einem quietschenden Feldbett, ohne Ausweis, ohne Telefon, ohne Kontakt zur Außenwelt.

Die abschätzige Behandlung zeigte ihm, dass Obdachlose mit einer gleichgültigen, herabwürdigenden Routine abgefertigt wurden. Da durfte er keine Vorzugsbehandlung erwarten.

Nach und nach dämmerte es ihm, dass er als Letzter mit dem Alten gesehen wurde. »Wie geht es wohl dem Meister?«, war sein Gedanke. Der Sturz hatte ihn ziemlich übel zugerichtet, sein Zustand war ernst. Warum hatte sich der Meister zwischen ihn und dem Anführer gestellt? Was wollten die von ihm? Kannte der Meister diese Typen? Was wusste der Alte, was er nicht wissen durfte? Er konnte die Gedanken nicht recht einordnen. Sie ergaben für ihn höchstens ein Bild von einem Revierkampf. Kampf um was?

Claude erkannte, dass er sich zwar in der Welt des Big Business recht gewandt und geschickt bewegen konnte, doch für die unberechenbare Unterwelt denkbar naiv und ungeeignet war. Er kannte weder die Spielregeln noch besaß er den notwendigen Instinkt, um sich in den Grauzonen einer Großstadt behaupten zu können. Schnell, zu schnell war er von seiner friedlichen Vorstellung der Bettlerwelt in die Szene von Gewalt und Selbstjustiz abgerutscht. Doch zu spät. Sein Hirn überlegte krampfhaft, wie er sich aus dieser ungewohnten Situation befreien konnte.

Erst jetzt bemerkte er die verwahrloste Gestalt. Es war weniger die Person als vielmehr die Alkoholfahne, auf die er aufmerksam wurde. Sie hockte in einer Ecke, in sich zusammengesunken und schlief. Neben ihr eine Papiertasche von Karstadt mit ihren ganzen Habseligkeiten. Ihr Leben pendelte vermutlich hoffnungslos zwischen Betteln, Diebstählen und Gefängniszelle.

»He, Alter«, Claude schüttelte ihn an der Schulter. Nach endlos langer Zeit regte sich die Gestalt und murmelte kaum verständlich, »Ick biin nich der Aaalte ...«. Claude schwieg. Jede weitere Bemerkung schien ihm überflüssig. Es wird wohl seine Zeit dauern, bis die Gestalt ausgenüchtert und zum Sprechen fähig sein würde.

Kein Mensch kümmerte sich um die beiden in der Zelle 134. Sie schienen wirklich auf dem Abstellgleis der Justiz gelandet zu sein. Plötzlich schaute Claude auf. Hatte sein Zellenbewohner »Ick biin nich der Aaalte ...« gesagt? Kennt er den Alten? Also muss der Alte wirklich eine bekannte Figur unter den Obdachlosen sein.

31

ANDREA

Der Morgen dämmerte. Andrea blieb unentschlossen vor dem Eingang zum Krankenhaus stehen. Ihr fröstelte und sie überlegte, welchen Weg sie wählen sollte. Den direkten, der sie in wenigen Minuten nach Hause führte, oder den Umweg, der sie am Black Café vorbeiführte, um dem unbekannten Wuschelkopf einen Kaffee zu bringen. Trotz ihrer Müdigkeit beschloss Andrea den Umweg zu machen. Aber, ein Kaffee für einen Bettler, der per Telefon 5.000 Euro organisieren konnte, wie konnte das zusammenpassen?

Doch ihr Bauchgefühl forderte sie auf, den längeren Weg zu nehmen. Die Straßen waren menschenleer. In zwei Stunden würde der Kiez erwachen und die Straßen sich beleben. Die Nachtmenschen kannten sich. Man wusste, wer wann unterwegs war. Doch in dieser Nacht war alles anders. Keines der bekannten Gesichter kam ihr entgegen. Weder Helmut, der seinen Nachtwächterdienst verrichtete, noch Erwin, der mit seinem klapprigen, umgebauten Einkaufswagen die Zeitungen austrug, noch Ingrid, die gelegentlich wegen ihrer Schlafstörungen in den Straßen herumirrte, noch Werner, der seinen Dienst auf der Polizeistation um diese Zeit beendete und mit wachem Blick nach Hause marschierte. Da passte es ihr ganz gut, dass im Black Café der vorlaute Erik heute nicht da war. Es war das vertraute Gesicht von Olger, der ihr den Latte Macchiato hinstellte.

»Wie geht's denn heute Nacht?«, fragte er frisch und fröhlich, obwohl ihn die Antwort normalerweise gar nicht so sehr interessierte. Doch heute war alles anders. Olger spürte sofort, dass Andrea bedrückt war.

»Na, alles o.k.?«, und stülpte ihr hilfsbereit den Kartonhaltegriff um den Becher.

»Ach«, meint sie und brauchte ein wenig zum Überlegen, ob sie ihm die verrückte Geschichte erzählen sollte. Für die Obdachlosen war Olger kein Unbekannter. Seine herzliche, offene Art machte ihn zur nächtlichen Anlaufstelle. Sie vertrauten ihm seine Sorgen und Probleme an, und von Mitternacht bis in die frühen Morgenstunden klopfte mancher an die Hintertür und bettelte um einen heißen Kaffee. Olger riskierte sogar seine Stelle, als nach seinen Nachtschichten die Differenz zwischen den ausgegebenen und den bezahlten Kaffees zu groß wurde.

Es war seine Idee, als er eines Tages das Projekt »Nacht-Kaffee« einführte: »Einen trinken, zwei bezahlen«, war die Idee. So versuchte er den Obdachlosen in der Nacht offiziell einen Kaffee zuhalten zu können. Die Idee funktionierte und rund 20 Kaffee konnte er pro Nacht gratis verteilen.

Sein Chef tolerierte es, solange sich die Zentrale nicht einschaltete. Olger wurde zu einer der wichtigsten Bezugspersonen der Obdachlosen. Das wusste auch Andrea. Darum überlegte sie sich dreimal, ob sie den wuschligen Bettler outen wollte. Denn insgeheim hoffte sie auf nichts mehr als auf ein weiteres Treffen mit dem Wuschelkopf.

»Naja, geht so«, sagte sie nur, »die ganze Station war unruhig, die Alten konnten nicht schlafen, vermutlich macht ihnen der Vollmond zu schaffen. Und du?«

Olger wusste, dass er Andrea Wichtiges anvertrauen konnte, sie war sozusagen eine Vertrauensperson. Es entlastete ihn, seine Sorgen und seine Szenenkenntnisse auf viele Schultern verteilen zu können. So berichtete er ihr, was er soeben erfahren hatte: »Der Alte wurde in seinem Nachtquartier von der Treppe auf die Schiene der U-Bahn gestoßen. Ein Wunder, dass er nicht überfahren wurde. Gerade rechtzeitig wurde er von einer Person vor der herannahenden U5 von den Gleisen gezogen. Nachbarn alarmierten die Polizei, die fanden aber nur noch den wimmernden und schwerverletzen Alten. Die Sanitäter lieferten ihn ins Krankenhaus ein. Und die Polizei sucht jetzt nach einem Obdachlosen mit wuscheligem Kopf, der zuletzt bei ihm gesehen wurde.«

Andrea war sprachlos und brauchte Zeit, um das Ganze zu Verdauen.

»Hallooo, Andrea?« Olger wedelte mit dem Küchentuch vor ihrem Kopf. »Bist du noch da?« Er spürte sofort, dass etwas nicht stimmte.

»Andrea, was ist?«

Langsam begann sie zu verstehen, was passiert war.

»Der Alte wurde heute Nacht bei uns eingeliefert. Mit schweren Verletzungen.« Sofort realisierte sie, dass der sympathische Wuschelkopf verdächtigt wurde.

»Woher weißt du das?«, fragte sie sofort.

»Der Dollenkoni wurde heute morgen so gegen zwei Uhr von einem Polizisten befragt und da hat mein Ohr so zufällig zugehört. Der Wuschelkopf soll den Alten auf die Schienen gestoßen haben. Allerdings war der Dollenkoni wie immer besoffen und lallte nur Unverständliches.« Geschäftig verräumte Olger den Berg von Tassen aus der Geschirrspülmaschine.

»Kennst du den Wuschelkopf?«, fragte Andrea nach. »Nein, er war nur einmal hier, als er einen Kaffee holte, vermutlich für den Alten. Ein spezieller Typ ...«

Nein, der Wuschelkopf als Täter, das konnte sie sich nicht vorstellen, umso weniger mit dem Wissen um seine gute Tat im Krankenhaus. Sie musste den Wuschelkopf finden, nahm den Kaffeebecher und verließ das Black Café. Aber am gewohnten Platz war der Wuschelkopf nicht. Er war verschwunden.

32

ANDREA

Als Andrea nach Hause kam, hantierte Janie bereits in der Küche. Andrea warf sich in allen Kleidern in den alten Plüschsessel und Janie spürte sofort, dass etwas nicht stimmte.

»Mein Gott Andrea, wie siehst du aus, was ist geschehen?«, fragte sie und nahm ihre Hand. »Die ist ja ganz kalt, warum zitterst du? Wo bist du gewesen?«

Janie schaute auf die Uhr und bemerkte, dass es kurz vor acht war. Normalerweise kam Andrea kurz nach sechs Uhr nach Hause.

Wie ein Bach stürzte es aus ihr heraus, die Tränen flossen, sie konnte kaum sprechen. Janie nahm Andrea liebevoll in den Arm. Sie wusste, das waren Momente, in denen nichts eine enge Freundschaft ersetzen konnte. Es dauerte einige Minuten, bis sich Andrea wieder gefasst hatte und die ganze Geschichte erzählen konnte. Von der Normalität des Nachtdienstes, von der Alarmglocke, von der Einlieferung des Alten, von der Weigerung, ihn zu operieren, vom Wuschelkopf mit den blauen Augen, der mit einem Telefonanruf die Operation bezahlte, von Olger im Black Café, der vom Unfall erzählte, von der Polizei, die den Wuschelkopf als Verdächtigten suchte, vom Umweg über sein leeres Nachtlager.

Je mehr sie über den Wuschelkopf erzählte, umso mehr spürte sie, dass ihr das Schicksal dieses Wuschelkopfes nicht gleichgültig war. Sein Strahlen unter dem bärtigen Gesicht, die blauen Augen und weißen Zähne, das alles wollte nicht zu einem armseligen Bettler passen. Sie wusste, dass sie den Wuschelkopf finden musste. Sie wusste nicht mehr ein noch aus mit ihren Gefühlen. Das sagte sie Janie aber nicht.

33

FRANK

Frustriert wachte Frank am nächsten Morgen auf. Der Kopf brummte und die Begegnung am vorigen Abend im »1840« hatte seine Seele aus dem Gleichgewicht gebracht.

Noch drei Tage blieben ihm in Berlin. Seine Auszeit-Checkliste kam ihm mit jedem Tag läppischer vor. »Bin ich so fehlgeleitet, dass mich eine Checkliste durch meine Auszeit dirigieren muss?«

Von den 18 Kästchen waren erst sechs abgehakt. Die restlichen waren noch unerledigt. Aber keine der Aufgaben reizte ihn, sie in Angriff zu nehmen. Musste er wirklich sehen, wo der reichste Mann in Berlin wohnte? Musste er wissen, wo am meisten Currywürste verkauft wurden? Musste er festhalten, wie viele Schritte er durch Berlin gelaufen war? Musste er auf dem höchsten Punkt von Berlin wirklich gewesen sein? Musste er von Ort zu Ort rennen, um Häkchen zu sammeln?

Das Frühstück ließ er aus. Er hatte kein Bedürfnis, den ewig lächelnden und pseudo-motivierten Business-Leuten zu begegnen. Unzufrieden und verwirrt machte er sich auf den Weg. Aber wohin? Steckte er in der gleichen Falle wie Kevin, der abseits seines Business-Lebens wie eine Marionette durchs Leben stolperte? Hatte diese verfluchte Checkliste einfach sein Bauchgefühl, seine Wahrnehmung und sein Ich zugeschüttet?

Also machte er sich auf zur Bernauer Straße. Die Geschehnisse und Tragik der Berliner Mauer würden seine Perspektive bestimmt wieder zurechtrücken.

Während er so halb abwesend die Chausseestraße entlanglief, hörte er, dass sein Mobiltelefon drei Nachrichten auf seiner Mailbox meldete. Oh nein, auch das noch. Denn in seiner miesen Stimmung erwartete er auch miese Nachrichten. So war er. Wollte er seinen Aufenthalt mit noch mehr Problemen beladen? Ich darf doch einmal in 52 Wochen abschalten und von der Bildoberfläche verschwinden. Das ist wohl mein gutes Recht. Gefühle zwischen Wut und Selbstmitleid tauchten in ihm auf.

Er vermutete, dass im Geschäft etwas schiefgelaufen war, dass irgendeine Rechnung nicht beglichen wurde, ein Kunde reklamierte, ein Druckfehler in einer Broschüre aufgetaucht war, ein Fotoshooting nicht genehmigt oder irgendein Vorschlag nicht den Vorstellungen des Kunden entsprach.

Sollte er jetzt sein Mobiltelefon entriegeln und die Nachrichten abhören? Seine notorische Unentschlossenheit jagte ihn von Ja zu Nein und wieder zurück. Am Schluss siegte seine Neugier. Die erste Nachricht kam aus seinem Büro. »Aha, also doch«, fühlte er sich bestätigt.

»Unser Premiumkunde wartet auf die neuen Vorschläge. Was soll ich ihm antworten?«, so die Mitteilung von Franks Assistentin in der ersten Sprachnachricht.

Die zweite war von Silvie. Sie wünschte ihm einen schönen Tag, mit der Anmerkung, er dürfte sich schon ein bisschen mehr melden.

Die dritte zeigte eine unbekannte Nummer. Es war kein Name, sondern nur die Telefonnummer sichtbar. Mit Schweizer Vorwahl.

»Hallo 25E. Bist du noch in Berlin? Der Gendarmenmarkt ist ein Besuch wert. Vielleicht heute? 15C«, sprach eine Frauenstimme auf seine Mailbox.

Damit hatte er wirklich nicht gerechnet. Eine Aufforderung des roten Blazers? Will ihn da jemand auf den Arm nehmen? Woher hatte sie seine Nummer? Also doch, es war der rote Blazer, der im Flugzeug sein Adressetikett vom Handgepäck geklaut hatte. Aber wann und wie?

Gerade hatte er sich mit seinen Gefühlen arrangiert und ihnen Waffenstillstand angeboten. Jetzt wurde er bereits wieder gebrochen. Sein Herz wusste nicht, ob es hüpfen oder sich wehren sollte. Das Bauchgefühl schickte warme Signale und pumpte Glückshormone in seinen Körper.

Doch damit war der Kopf nicht einverstanden. »Was willst du denn? Eine nette Dame treffen, die du außer ihren roten Blazer gar nicht kennst? Ein Lächeln im Flugzeug und schon sind dir 34 Jahre Ehe gleichgültig? Du sollst hier Ordnung und nicht Unordnung in dein Leben bringen. Also, reiß dich zusammen, Frank!«

In seinen Gedanken gefangen lief Frank zur Bernauer Straße, an die Gedenkstätte der Berliner Mauer. An keinem anderen Ort war die Tragik der Mauer so fassbar, wie an der Bernauer Straße. Hier haben sich dramatische Szenen abgespielt, als viele Bewohner durch die Fenster auf die Westberliner Seite sprangen, Hab und Gut und Familienangehörige zurücklassen mussten. Ungläubig starrte er auf die Gedenktafeln, schaute sich die Videos an und hörte aus den Lautsprechern den Erlebnisberichten zu. Familien wurden von einem Tag auf den anderen auseinandergerissen. Für lange 28 Jahre.

Die schockierenden Bilder und Texte brachten ihn ins Grübeln. Familien und Paare, die sich liebten, wurden schmerzhaft getrennt. Und heute? Menschen, die alles hatten, gingen sich gegenseitig auf den Wecker. Und was bedeutet dir Silvie, die dir den ganzen Alltagskram vom Halse hält? Dass die Liebe zu Silvie viele Hochs und Tiefs erlebt hatte, war nicht zu bestreiten. In den letzten Jahren überwogen die lauwarmen Phasen, in denen sich ihre Partnerschaft mehr um Essen, Apéro, Einkaufen, Müll runterbringen, saubere Hemden und Terminplanung gedreht hatte.

Und wer sagte ihm denn, dass nicht auch Silvies Gefühle dabei waren zu erkalten? Aber das waren Themen, mit denen sie sich nie richtig auseinandergesetzt hatten. Und plötzlich wurden sie entscheidend. Was wollte Frank? Wohin wollte Frank? Was war es ihm wert?

Und so dominierten stattdessen Themen wie »Schritte zählen« sein Denken. Auf einmal bekamen die vielen großen und kleinen Schritte Gewicht, die er in seinem Leben vorwärts oder rückwärts gemacht hatte.

Er erinnerte sich an das Beispiel seiner Coachin. Das Leben sei wie eine Zugfahrt, auf der Menschen einsteigen, an der nächsten Station wieder aussteigen oder dich länger begleiten. Oder Menschen, die den größten Teil der Zugfahrt neben dir sitzen, das Gespräch aber verstummt ist, weil die Themen fehlten. Oder Menschen, die aussteigen und du es kaum bemerkst. Du schaust aus dem Fenster und spürst kaum, was rund um dich vorgeht. Aber du bist hellwach, wenn eine hübsche Dame zusteigt und neben dir Platz nimmt und dir ein freundliches Lächeln schenkt. Und dass du handeln musst, weil sie vielleicht an der nächsten Station wieder aussteigt. Steigst du auch aus, oder bleibst du bei den vertrauten Personen sitzen, bei denen du weißt, was du hast, aber auch, was du nicht hast?

Was war eine aufregende Abwechslung gegen eine langjährige Beziehung? Die Gedanken in Franks Kopf wurden immer abstruser. Sein Schwager Martin hatte es auch gewagt und hat sich nach 24 Jahren Ehe von seiner Frau Stefanie getrennt. Kein Mensch hatte es erwartet, und seine Erklärung war lapidar: Es war Liebe auf den ersten Blick, er musste sich gar nicht entscheiden. Aus heiterem Himmel habe ihn der Blitz getroffen, mit allen Begleitsymptomen: feuchte Hände, erhöhter Herzschlag, Nervosität, Schmetterlinge im Bauch. Wie aufregend seine neue Liebe zwei

Jahre lang war, erfuhr sein Umfeld nicht. Und wie schwer das Weggehen von seiner Familie war, darüber hatte er geschwiegen. Und dass sich seine Kinder von ihm abgewandt haben, wurde durch die rosarote Wolke überdeckt.

Liebe auf den ersten Blick? Waren es wirklich die Gefühle, die sich miteinander verkoppelten oder waren es ein paar verrückt gewordene Hormone, die sich verbunden hatten? Was, wenn diese abgekühlt waren?

Frank wusste kaum, wie lange er durch die Bernauer Straße geirrt war. Nein, er konnte kaum fassen, dass eine simple Sprachnachricht seine penible Checkliste zur echten Lebensfrage erweitert hatte. Beständigkeit gegen Abwechslung? Vertrautes gegen Unbekanntes? Normales gegen Verrücktes? Hatte es sein Leben verdient, mit frischen Gefühlen aufgewertet zu werden?

Er wusste kein Ja und kein Nein. Er wusste nur, er hing wie ein zappelnder Fisch an der Angel der hübschen Lady in Rot. Er musste sich fangen lassen oder sich befreien. Aber er musste reagieren. Noch blieben ihm drei Tage Zeit.

34

JANIE

Insgeheim bewunderte Janie Andrea. Nachtschichten mit unregelmäßigen Abläufen konnte sie sich für sich nicht vorstellen. Aber Andrea war ihr Job so ans Herz gewachsen, dass sie die gesamten Umstände gerne in Kauf nahm. Und jetzt lag sie im Schlafzimmer und schlief bis Mittag.

Janie freute sich auf den freien Tag. Sie wollte sehen, wohin sie ihre Stimmung trieb. Während sie die Friedrichstraße entlang spazierte, setzte sie sich klare Grenzen. Sie wollte keines der vielen Modegeschäfte mit beruflicher Absicht betreten, um die Aktivitäten der Konkurrenz zu beobachten. Viel zu viel Zeit hatte sie auf ihren Städtereisen mit Konkurrenzbeobachtung verbracht. Dabei war sie so akribisch, dass sie selbst die EAN-Codes von interessanten Kleidungsstücken fotografierte. Sie war schon derart in ihrem Element, dass sie kaum realisiert hatte, in welcher Stadt sie sich befand. So uniform sahen die internationalen Modeläden aus.

Sie wollte endlich lernen, Business und Privates zu trennen. Aber wie? Ihr Verstand wollte sie mit eindeutigen Signalen ködern: »Schau dich in den Modeläden um, eine bessere Möglichkeit wird es nicht geben. Dein Wissensvorsprung ist unbezahlbar!« Ihr Gefühl gab ihr eine ebenso deutliche Antwort: »Du spinnst!«

So setzte sie sich in ein Straßencafé und schaute den gehetzten Fußgängern zu. Und nun?

Janie beschloss, den Tag mit einem Kinobesuch zu krönen. Nichts Tiefgründiges, sondern etwas Erfrischendes, zum Lachen.

Sie machte sich auf den Weg zum Sony Center. Einen Stadtplan benutzte sie nicht. Es war ihr egal, immer wieder nach dem richtigen Weg zu fragen. Im Gegenteil, das brachte Kontakte zu Menschen, woraus sich oft kleine Gespräche entwickelten. Und außerdem war sie kein Mann, der jede Hilfestellung als Niederlage empfand.

Sie war immer noch auf dem Weg in Richtung Kino, als ein Klingelton eine WhatsApp-Nachricht ankündigte. Eigentlich hatte sie keine Lust, Nachrichten in Empfang zu nehmen, doch wie automatisch griff ihre Hand zum Mobiltelefon und drückte auf das kleine, grüne WhatsApp-Signet, das drei ungelesene Botschaften signalisierte. Sie hätte es lieber bleiben lassen.

Die erste ging noch. Sie war von Andrea, die das Treffen von 15:30 auf 17:00 Uhr verschob. Aber bei der zweiten lief ihr ein kalter Schauder über den Rücken und rief mit einem Schlag vergangene Zeiten in Erinnerung.

»Janie, wo bist du? Ich will dich! Am liebsten heute! Gib Feedback! LG Berni.«

Bernie war eine Internetbekanntschaft, die sich nicht mehr abschütteln ließ.

Sie konnte sich noch genau an jenen unglückseligen Abend erinnern: Es war einige Wochen nachdem Louis ihr seine neue Liebschaft offenbart hatte bzw. offenbaren musste, weil seine neue Flamme ihren Lippenstift in ihrer Wohnung vergessen hatte. So banal, so dumm. Es kam Janie schon seltsam vor, dass Louis an jenem Freitag seinen Business-Aufenthalt in London spontan um das Wochenende verlängerte. Umso mehr, da er geschäftliche Termine stets konsequent von privaten trennte.

Ihr Vertrauen war größer, doch da sollte sie sich täuschen. Vor allem in Louis, der sich als wahrer Meister der Vertuschung entpuppte. Es war kein spontaner Seitensprung, sondern eine längere Liaison, die er im Schatten des Freiraums begann. Wochenlang. So wie ein Spiel, bei dem man nicht wusste, auf wessen Seite man sich schlagen sollte.

Darum fühlte sie sich elend, missbraucht und gebraucht wie ein Kleid, das man nach der Vorstellung wieder in den Schrank hing. Völlig überflüssig, dass er ihr beim Trennungsstreit selbst den Namen seiner neuesten Eroberung noch mehrfach unter die Nase reiben musste: »Romana«, »R-o-m-a-n-a«.

Ihr war doch völlig egal, wie ihre Nachfolgerin heißen würde. Therese, Anna oder wie auch immer. Romana, ein völlig unwürdiger Name für eine Person, die Beziehungen zerstörte und Männer raubte.

Es dauerte Wochen, bis Janie wieder Menschen des anderen Geschlechts wahrnahm. Und das war an jenem Sonntagabend, als sie nach zwei Gläsern Rotwein abtauchte und ihre melancholische Seite Auftrieb erhielt. Ein Mensch zum Anschmiegen, zum Vertrauen, zum Leben stand zuoberst auf ihrer Wunschliste. Ein Partner auf gleicher Augenhöhe, mit ähnlichen Interessen. Einer, der Farbe, Ehrlichkeit und Abwechslung in ihr Leben bringen würde. Ganz zu schweigen von Zweisamkeit und Sex.

Sie zückte ihr Portemonnaie, zog zwischen den Kreditkarten einen Zettel heraus und strich ihn auf dem Tisch flach. »www.etoile.com, das Partnerwahlinstitut für gehobene Wünsche« stand darauf. Irgendwie spürte sie, dass es der Zeitpunkt für einen Schritt nach vorne war.

Diesen Tipp hatte sie von Andrea bei einem ihrer letzten Berlinaufenthalte erhalten. Monatelang überlebte dieser Fetzen Papier in ihrem Portemonnaie, als bedeutete er das Tor zum Glück.

Und dieser Sonntagabend, als schon langsam wieder der Arbeitsalltag mit seinen Verpflichtungen, Problemen und Kleinkriegen am Horizont auftauchte, schien Janie richtig, etwas für ihr Glück zu tun.

All die gut gemeinten Ratschläge, mit häufigerem Ausgang, Theaterbesuchen, Tennis oder Golf auf Männerjagd zu gehen, widerten sie an. Darum klappte Janie ihren Laptop auf und machte es sich auf dem Sofa gemütlich. Mit einer Erwartungshaltung wie im Kino, welches Ende der Film wohl bringen würde.

»www.etoile.com« war schnell eingetippt und schon erschien die Startseite mit zwei glücklichen Gesichtern. »Das Glück meint es gut mit Ihnen« und »48.000 Menschen auf dieser Seite suchen einen Partner« sprangen ihr bei der Begrüßung ins Auge. »Einer genügt eigentlich«, dachte sich Janie und suchte den Anmelde-Button. Aber richtig wohl war ihr bei der Sache nicht. »Muss ich wirklich im Internet einen Partner suchen?«, dachte sie. »War es nicht mehr möglich, im Alltag und per Zufall geeigneten Partner zu treffen?«

Der Weg ist das Ziel, ja schlussendlich war es unwichtig, auf welchem Weg die Liebe auftauchte. Sorgfältig tippte sie Namen, Alter, Interessen, Region und Einkommensklasse ein. Sie stellte das Vorgehen nur noch einmal infrage, als die Kreditkarte für die Kontobelastung verlangt wurde. Mit diesen Preisen werden sich auch entsprechend kultivierte Typen finden lassen, erhoffte sie sich.

Und einer dieser kultivierten Typen war eben Bernie, der sich nun hartnäckig wie eine Klette an sie heftete. Heute wusste Janie nur zu gut, dass sie einige Anfängerfehler begangen hatte. In ihrer Freude, dass sich jemand auf ihr Profil meldete, hatte sie ihm Hoffnungen gemacht und sich eingeredet, dass auch ein Mechaniker ein feiner und interessanter Partner sein könnte. Aber schon beim dritten Mailkontakt waren ihm ihre Maße wichtiger als ihre Interessen und Befindlichkeiten. Und da läuteten die Alarmglocken. Seitdem verfolgt Bernie sie fast täglich.

Der Höhepunkt der Peinlichkeit passierte während einer Verwaltungsratssitzung von TrendCollection. Während einer Präsentation von Janie klickte sich plötzlich eine plumpe E-Mail ein. Für einige Sekunden bedeckte sie den kompletten Bildschirm. Schnell klickte sie sie weg, aber ihre Bloßstellung war passiert. Bernie hatte sie mit einer primitiven Anmache kontaktiert. Zwar wühlte Amrein in seinen Akten, Schneeberger tippte auf seinem Mobiltelefon und Losinger döste, aber Walter H. Bischof erfasste die Situation, schmunzelte und memorierte das Ganze genüsslich in seinem Gedächtnis. Es war unwahrscheinlich, dass er einige Textfetzen nicht lesen konnte. Und Janie ärgerte sich, dass Bischof auf diese Weise Einblick in ihr Privatleben erhielt.

Bernie wurde definitiv zur Persona non grata. Doch Bernie gab keine Ruhe. Noch nie hatte er so eine attraktive und gebildete Frau kennengelernt. Da lohnte es sich, etwas hartnäckig zu bleiben, sagte er sich, als er unbeholfen eine E-Mail in den Computer seines Freundes eintippte. Sein Ziel war ein Wiedersehen, damit er sich auch von seinen kultivierteren Seiten präsentieren konnte. Kaum hatte er seine E-Mail abgeschickt, machte es »bling« und auf dem Bildschirm erschien eine Nachricht. Die Enttäuschung war ihm im Gesicht abzulesen, als der Autoresponder eine Antwort verschickte: »Grüezi, ich bin nicht im Büro. Melden Sie sich bei Fragen und für Auskünfte bei meinem Assistenten: Moritz Studer, studer@trendcollection.ch. Freundliche Grüße.«

Und diesen hatte Bernie tatsächlich kontaktiert.

35

JANIE

Der Film *Catch Me If You Can* im Sony Center hatte Janie auf andere Gedanken gebracht. Sie war beeindruckt, wie der kleine Ganove Leonardo DiCaprio jede Situation meisterte, jede! Also konnte Bernie nicht wirklich ein Problem für sie darstellen. Mit voller Überzeugung strich sie seinen Namen aus ihrem Gedächtnis und fühlte sich sofort freier.

Zwei Stunden später saß Janie in einer Brasserie am Gendarmenmarkt und war aufgeregt, ob ihr Plan wohl aufgehen würde. Sie saß an einem Tisch in der zweiten Reihe und ließ sich die Sonne ins Gesicht scheinen. Die monumentalen Bauwerke, die diesen Platz umgaben, waren ihr in diesem Moment gleichgültig. Ihre kulturellen Interessen mussten hintenanstehen.

Nur mit Mühe konnte sie Andrea dazu überreden, sich am späteren Nachmittag mit ihr auf dem Gendarmenplatz zu treffen. »Was willst du auf diesem Touristenplatz? Der ist nur teuer, überlaufen und die Kellner sind unfreundlich.

Dort kannst du dir doch keinen anständigen Kerl anlachen.« Andrea konnte Janie nicht verstehen. Denn mit ihrem bescheidenen Budget wurde Andrea eher vom Hackeschen Markt und dessen urbanem Publikum angezogen. Aber Janie lockte sie mit einer Einladung, und so ließ sich Andrea überreden. Ihren wahren Plan konnte sie Andrea nicht offenbaren. Sie hätte sie für verrückt gehalten.

Fast minütlich schaute Janie auf ihr iPhone. Einen deutlicheren Hinweis konnte sie 25E ja wohl nicht schicken. Dass die genaue Uhrzeit fehlte, war Absicht, ein bisschen sollte der Zufall ja auch mithelfen.

So ganz glücklich war Janie mit ihrem Plan nicht. Er entsprach nicht unbedingt dem einer weltgewandten und stilsicheren Lady. Aber vielleicht musste man seinem Glück etwas auf die Sprünge helfen? Sie wusste ja so wenig über ihn, außer seiner Sitzplatznummer und dass sein sympathisches Lächeln mehr als nur ein Lächeln war. War er verheiratet? In diesem Alter und mit dieser Ausstrahlung marschierte ein Mann wohl kaum alleine durchs Leben. Das anzunehmen wäre zu naiv. Und was machte er in Berlin? Und war er überhaupt noch in Berlin?

»Du spinnst, du spinnst, du spinnst, Janie«, murmelte sie dreimal halblaut vor sich hin. »Du bist hier in Berlin, willst Herzschmerz und Business-Stress auflösen und stürzt dich bereits ins nächste Abenteuer. Falls denn eines daraus wird«, schob sie nach. »Aber ein Abenteuer mehr oder weniger wird mein Leben wohl aushalten«, redete sie sich gut zu, während sie in ihrem Aperol Spritz rührte und auf Andrea wartete. Mit jedem Schluck ließ ihre Anspannung nach und ihr Gemüt wurde heiterer. »Einmal musste mir das Glück ja hold sein. Warum nicht mit einem Umweg über Berlin?«

Noch fehlte von Andrea jede Spur und so bestellte sich Janie einen zweiten Aperol Spritz. Während sie so dahin träumte, machte es »bling-bling« auf ihrem Handy.

Doch der Schrecken war groß, als sich Bernie statt 25E meldete. Umso mehr erschreckte sie die verrückte Botschaft, die von Berni zu lesen war: »Komme dich besuchen in Berlin! Muss dich dringend wiedersehen, bitte warte auf mich. Küsse. Love! Bernie«.

Ihr stockte der Atem. Bernie in Berlin? Nein, nie und nimmer! Es scheint ein Naturphänomen zu sein, dass Männer in Liebesangelegenheiten so schwer von Verstand sind. Ihre zwei WhatsApp-Nachrichten waren offenbar nicht deutlich genug, um ihre Abneigung auf höfliche Art und Weise mitzuteilen. Nein, nein, nein, offenbar brauchte es klare und deutliche Worte. Sie war gerade dabei, die Antwort zu tippen, als Andrea auftauchte und sich erschöpft auf einen Stuhl plumpsen ließ. Ihr waren die Geschehnisse der vergangenen Nacht noch immer ins Gesicht geschrieben.

»Was ist los?«, fragte Janie besorgt. Andrea brauchte zuerst zwei große Schlucke von ihrem Aperol Spritz, als sie Janie die ganze Geschichte vom Wuschelkopf wiederholte. Sie konnte sie einfach nicht länger für sich behalten, dass ihr der Wuschelkopf etwas bedeutete.

Jetzt musste Janie loslachen. »Oh Andrea, was sind wir doch für zwei Kandidatinnen, beide von Typen angezogen, die wir nicht kennen, kaum gesehen haben und noch nicht einmal ihre Namen kennen! Das regeln wir schon.« Jetzt musste auch Andrea lachen und sie prosteten sich zu.

Andrea wusste nicht, was sie antrieb. Irgendein Bauchgefühl drängte sie, den Wuschelkopf zu suchen.

»Überleg mal«, meinte Janie. »Der ist doch schon längst untergetaucht. Der ist bestimmt clever und kennt jeden Winkel und jedes Schlupfloch in Berlin.« Andrea ließ sich nicht überzeugen.

»Aber warum kann der einen Kostenvorschuss per Telefonanruf leisten? Wie geht das?«, sagte sie und zupfte Janie am Ärmel, »5.000 Euro, sowas gibt es doch nicht!«

»Dann frag doch mal im St. Joseph-Krankenhaus nach, von wem dieses Geld überwiesen wurde. Wenn es überhaupt bezahlt wurde«, versuchte Janie es weiter, »dann bist du vielleicht einen Schritt weiter.«

»Du weißt nicht, wie diskret bei uns mit solchen Informationen umgegangen wird. Da ist es einfacher, einen Kassenschrank zu knacken ...«, antwortete Andrea resigniert. »Auf jeden Fall konnte mit der Operation unverzüglich begonnen werden.«

Ein Rätsel, für das Andrea keine Lösung hatte.

Vor ihrem Tisch schlenderten gemütlich Touristen vorbei, die nicht ahnen konnten, mit welchen Gedanken sich Andrea befasste. Sie war sich sicher, dass der Wuschelkopf längst von der Polizei geschnappt wurde.

Andreas Gedankengänge wurden immer wirrer. Alle möglichen Szenarien wirbelten durch ihren Kopf.

Eine große, sorgenvolle Unruhe packte sie.

»Sorry, Janie, ich muss mal kurz verschwinden.« Andrea rutschte ihren Stuhl zurück, stand auf und steuerte in Richtung Toilette.

»Aber nicht, dass du davonläufst …«, rief Janie ihr noch halb im Scherz hinterher.

36

FRANK

Noch immer rang Frank um eine Entscheidung. Er stand mitten auf der Bernauer Straße, als die WhatsApp-Nachricht eintraf. Der Hinweis mit dem Gendarmenmarkt schien ihm verlockend. Sehr verlockend sogar …

So eine kleine Ferienbekanntschaft könnte das Leben ein wenig aufmischen. Sofort versuchte er, diesen Gedanken wieder aus seinem Kopf zu verdrängen. Aber er ließ sich nicht verscheuchen.

Wieso der Gendarmenmarkt? Der Platz, wo sich Prominenz und Schickimicki, Kunstbeflissene und Gebildete zum Austausch und Apéro trafen. Bewegte sich die Lady in solchen Kreisen, wollte sie ihm imponieren oder war es einfach Zufall? Sein Bauchgefühl drängte ihn zu einem Augenschein vor Ort. Ein solch geschichtsträchtiger Ort gehörte schließlich zum Pflichtprogramm eines jeden Berlinreisenden. Und dass er die Lady in Rot tatsächlich dort anträfe, wäre ein absoluter Zufall, beruhigte er sich.

Er schaute auf den Stadtplan und beschloss, den weiten Weg zu Fuß zu gehen. Die Bewegung würde ihm guttun. So marschierte Frank los in Richtung Stadtmitte und Gendarmenmarkt. Nach dem langen Marsch durch enge Straßen und hohe Häuserschluchten öffnete sich plötzlich der Horizont und vor ihm breitete sich der Platz aus. Beeindruckt blieb Frank stehen. So groß und monumental hatte er sich diesen Ort gar nicht vorgestellt. Rundherum reihten sich das Berliner Konzerthaus, der Französische Dom und gegenüber der Deutsche Dom. Jedes Gebäude präsentierte sich geschichtsträchtiger und imposanter als das andere. Und am Rande des Platzes konkurrierten Bistro an Bistro und Tisch an Tisch, beschattet vom dichten Blätterdach der Platanen.

Über den ganzen Platz verstreut hockten fröhliche, plaudernde und lachende Menschen. Keine Sorgen über düstere Arbeitsplatzprognosen, wirre Politik oder kollaborierende Umweltprobleme waren spürbar. Einfach das Heute genießen, und was morgen ist, sehen wir dann. Zwei Musiker mit Geige und Cello spielten in flottem Rhythmus den Radetzky-Marsch, umringt von einer Menschentraube. Über ihre Köpfe schwebten riesige Seifenblasen und verliehen dem Geschehen eine unbeschwerte Ferienatmosphäre.

Frank setzte sich auf die breite Treppe zum Berliner Konzerthaus. Er beobachtete die Menschen, die lachten, diskutierten, mit anderen scherzten und sich vergnügten. Leben, lachen und das Hier und Jetzt genießen war ihre Devise. Keiner von ihnen würde sich wohl von einer Checkliste durchs Leben leiten lassen, das konnte er sich nicht vorstellen.

Er ließ sich vom fröhlichen Treiben anstecken, seine Stimmung hellte sich auf, er kaufte sich ein Eis, plauderte mit dem Rucksacktouristen neben ihm, griff nach einer schillernden Seifenblase und klatschte mit den anderen den Takt des Zwei-Mann-Orchesters.

Er staunte über sich selbst. War das jetzt der neue Frank, der sich, von seinen alten Mustern befreit, nun an der Oberfläche zeigte?

Damit hatte er nicht gerechnet. Selbst sein strenger Verstand ruhte mit all seinen Belehrungen. Es fühlte sich befreiend an, sich einfach von Gefühl und Zeit treiben zu lassen.

Frank wusste nicht, wie lange er auf der Treppe gesessen hatte und die unbeschwerte Stimmung genoss, als er plötzlich Hunger bekam. Langsam erhob er sich, schlenderte quer über den Platz und steuerte auf das Refugium zu. Das Lokal sah ganz danach aus, als könnte er dort eine deftige deutsche Mahlzeit bekommen. Darauf hatte er jetzt so richtig Lust.

Er stand am Eingang vor der ausgehängten Speisekarte und studierte das Angebot, als jemand »Hallo« rief. »Das gilt sicher nicht mir«, dachte Frank, »ich kenne doch schließlich niemanden in Berlin«. »Hallo!«, der schweizerdeutsche Akzent irritierte ihn. Mit einem weiteren, etwas ausgedehnteren »Hallooo« spürte er, dass der Zuruf ihm galt und drehte sich um. In der dritten Reihe an einem Bistrotisch saß die Lady in einem sommerlichen, roten Blazer.

Frank war sprachlos. »Traum oder Wirklichkeit?«, war sein Gedanke. Es dauerte einen Moment, bis sich Frank gefasst hatte.

»Ah, hallo!«, erwiderte Frank ganz verdutzt. Es war tatsächlich die Lady aus der Swiss-Maschine, die ihn anlächelte. Wie sollte er reagieren? In Zehntelsekunden schossen ihm alle möglichen Alternativen durch den Kopf. Ignorieren? Abhauen? Sich dumm stellen? Eine Ausrede erfinden? Oder die Chance packen?

»Das ist ja ein schöner Zufall!«, grüßte er zurück und teilte ihr so ungewollt mit, dass er sie wiedererkannte.

»Ich weiß nicht, ich glaube nicht so richtig an Zufälle …«, erwiderte die Lady.

Und jetzt? Frank überlegte, wie das Gespräch weitergehen sollte. Über das Wetter reden, die Stadt, den herrlichen Nachmittag, den imposanten Platz oder sollte er sie auf den Flug ansprechen? Und sollte er stehen bleiben, ein bisschen nähertreten oder sich gar zu ihr setzen? Aber die Lady war zum Glück unverkrampfter und zeigte auf den freien Stuhl.

»Setzen Sie sich doch!«, forderte sie ihn auf und schob das zweite leere Aperol-Spritz-Glas beiseite.

»Ist sie doch nicht allein?«, schoss es Frank durch den Kopf. Doch all die misstrauischen Gedanken lösten sich auf, als der Kellner das Glas abräumte und ihm ein kühles Pils brachte. Damit hoffte Frank nicht nur die Kehle, sondern auch seine Gefühle abzukühlen. Da saß also die Frau, die gerade im Begriff war, seine Auszeitplanung durcheinanderzuwirbeln. Ihr Lächeln mit den kleinen Fältchen war genauso, wie er es in Erinnerung hatte: anziehend und verführerisch.

Auch die Lady schien überrascht von ihrem Mut, den sie aufbrachte, Frank zu ihr zu lotsen und ihn anzusprechen. Auch er entsprach dem Bild, das sich in ihrem Gedächtnis eingebrannt hatte: sympathisch, anziehend und »good looking«. Er stellte schon auf den ersten Blick all ihre früheren Bekanntschaften in den Schatten.

Frank suchte noch immer nach Worten, weil sein Jagdinstinkt schon länger nicht mehr in Übung war. Er war auch nie in die Situation gekommen, denn er hatte ja schließlich Silvie. Doch Silvie war nun weit weg, und was bedeutete es schon, etwas mit einer Frau zu trinken?

Es war die Lady, die die Schweigeminute brach. Sie streckte Frank ihre Hand entgegen und sagte: »Ich bin Janie, freut mich, Sie zu treffen.« Und wie es Frank freute! »Ich bin Frank oder einfach 25E!«

Sie lachte leicht errötend und war um eine Antwort verlegen. Es war ihr etwas peinlich, direkt auf ihre Männerjagd angesprochen zu werden.

So langsam kam Frank auch wieder zu sich. »Nein, vielleicht ist es wirklich kein Zufall, dass gerade der Gendarmenmarkt dem Katz-und-Maus-Spiel ein Ende setzt. Auf jeden Fall freue ich mich, dass die Maus die Katze trifft ... oder die Katze die Maus!«

Beide lachten.

Frank hatte Zeit und Janie auch. Die Schatten wurden schon langsam länger, als sie sich schon zum dritten Mal zuprosteten und sich gegenseitig die Gründe ihrer Berlinaufenthalte immer offener auf den Tisch legten.

Frank staunte einmal mehr, wie auch selbstbewusst wirkende Menschen Stimmungsschwankungen ausgesetzt waren. Janie strahlte Zuversicht und Sicherheit aus, stand mit beiden Füßen im Leben, beruflich wie privat, und doch schien sie mit sich unzufrieden oder unglücklich zu sein.

»Ich kann mir viele Annehmlichkeiten leisten, habe eine schöne Wohnung und einen interessanten Job, und doch bin ich unzufrieden. Da muss doch mehr sein. Manchmal spüre ich so etwas wie eine Staumauer, die mein Potenzial zurückhält und meine Wünsche ertränkt.«

Sie erschrak, einem nahezu unbekannten Menschen so persönliche Dinge ihres Lebens zu offenbaren. Was war nur in sie gefahren? Und doch fühlte sie sich wohl dabei. Endlich saß sie jemandem gegenüber, der ihr aufmerksam zuhörte und sie offenbar verstand.

Frank sagte nicht viel, hin und wieder forderte er sie zum Weitererzählen auf oder nickte einfach nur verständnisvoll. Und so kannte er bald das Hin und Her in der TrendCollection, das Gerangel mit Louis, das Vermissen ihres Zuhauses und der ewige Drang nach mehr.

Sie schwieg und blickte auf das halbleere Glas. Aber schon eine kurze Frage animierte sie zum Weitersprechen. »Aber was würde dich denn glücklich machen?«, fragte Frank und fühlte sich wie ein Coach oder Therapeut.

Es war die Frage, die er sich selbst auch unzählige Male gestellt hatte und eigentlich nie beantworten konnte. Heute war die Antwort so und morgen so. Aber immer wieder anders. Bis gestern, als ihm nach dem Besuch im »1840« am

Hackeschen Markt seine Checkliste so dämlich und überflüssig vorkam. Kein Geld und doch glücklich mit einem Kartoffelsalat und einem Bier. Und dann die Aussage eines jungen Mannes an der Armutsgrenze: »Es gibt hier in Berlin immer noch Tausende Menschen, die würden ohne Wenn und Aber liebend gern ihr Leben mit meinem tauschen wollen, sofort!«

»Und da fragst du dich, lieber Frank, was Glück ist?«

Einen Moment kam ihm Pirmin in den Sinn. Ihm waren vermutlich Geld, Stellung und Macht unwichtig geworden. Von einem Moment auf den anderen. Wieso brauchte es vernichtende Schicksalsschläge, um Geld, Stellung und Macht richtig einschätzen zu können? Oder zumindest die richtigen Prioritäten zu erkennen?

Frank merkte, wie seine Gedanken manchmal abschweiften, während Janie sprach. Seine Gedankenwelt war durcheinandergeraten. Erst als sie mit der Schilderung über die Trennung von Louis fertig war, stellte sie ihm eine Gegenfrage: »Und du, Frank, warum bist du hier in Berlin? Es sieht nicht so aus, als wärst du in den Ferien hier, aber auch nach einer Geschäftsreise sieht es nicht aus. Erzähle etwas über dich.«

Frank war mit der Aufforderung überrumpelt. Aber ihr Blick zeigte, dass sie ehrlich an seiner Geschichte interessiert war. Er überlegte, zwischen Bluff und Ehrlichkeit zu wählen. Aber sie war so offen und hatte es verdient, die Wahrheit über ihn zu erfahren. Nur eines verschwieg er, seine Familie und Silvie.

Janie staunte, sie konnte kaum glauben, dass sich ein Mann mit seiner Entwicklung, seinen Gefühlen und seiner Zukunft beschäftige. Und das eine ganze Woche lang. All ihren Ex-Partnern war so etwas egal. Hauptsache Spaß und Fun.

Es wurde immer offensichtlicher, dass sich da zwei Menschen auf Anhieb gut verstanden. Vielleicht zu gut. Bald tauchte die Frage auf: »Und jetzt, wie weiter?« Sich Tschüss sagen, neu verabreden oder den Abend fortsetzen? Frank war froh, dass Janie ihm mit einem Vorschlag zuvorkam. Sie schien keine Hemmungen zu haben, ihn zu einem Besuch in ihr Appartement zu überreden. Sie sprudelte nur so: »Ich koche uns ein kleines Abendmahl. Dann können wir gemütlich weiterplaudern.«

Er war überrascht über ihr forsches Vorgehen und wollte widersprechen. Sie spürte seine Zurückhaltung, strahlte ihn an und er konnte aus ihren Augen keine anderen Absichten erkennen. Also nahm er das Angebot an.

Aber ihr Plan war ein ganz anderer. Sie musste Andrea diesen Mann zeigen!

Und so stiegen Janie und Frank gemeinsam in die U-Bahn.

37

ANDREA

Als Andrea vom WC an den Tisch zurückkehren wollte, sah sie, dass ihr Platz besetzt war und Janie einem gutaussehenden Mann zulächelte. Diesen Gesichtsausdruck hatte sie von Janie während ihrem ganzen Aufenthalt noch nicht gesehen. So lächelten nur glückliche Menschen. Es überraschte sie nicht, dass Janie schnell interessierte Männer um sich scharen konnte. Das Problem war nur, dass nie die Richtigen an ihrer Seite Platz nahmen.

Andrea spürte sofort, dass sie nun fehl am Platz war und nahm diskret den Hinterausgang des Refugiums über die Taubenstraße. Ihr Gefühl sagte ihr, was zu tun war. Sie marschierte los mit Ziel zu ihrem Arbeitsplatz. Sie musste den Finanzchef vom St. Joseph-Krankenhaus überzeugen, ihr den Absender der Überweisung bekanntzugeben. Uwe Reinacher war ihr noch einen Gefallen schuldig, als er ihr einmal ein Monatsgehalt versehentlich doppelt überwiesen hatte und sie sich umgehend meldete. Sie hatten Stillschweigen vereinbart, was sonst dem besonnenen und liebenswürdigen Uwe bestimmt den Kopf gekostet hätte.

In zügigem Schritt überquerte Andrea die Straße Unter den Linden, ständig gezwungen, den plaudernden und fotografierenden Touristen auszuweichen. Noch nie hatten sie langsame Leute genervt. Doch diesmal war alles anders. Der Berliner Dom, den sie normalerweise mochte, empfand sie eher als Ärgernis. Auch auf der Lustwiese, auf der sie schon so manch gemütliche Stunden mit Freundinnen verbracht hatte, war kaum ein Durchkommen. Überall klickten die Fotoapparate, gerichtet auf das monumentale Bauwerk.

Als sie sich zwischen den Touristen einen Weg bahnte, schoss ihr ein neuer Gedanke durch den Kopf. Olger! Olger vom Black Café wusste inzwischen bestimmt mehr. Da war sie sich sicher. Entschlossen änderte sie die Richtung. Nicht die Lust auf einen leckeren Latte Macchiato drängte sie in das Café, sondern Informationen über die dunkle Bettlerwelt.

»Hey«, begrüßte Olger sie, »was machst du denn hier um diese Uhrzeit? Haben Sie dich rausgeworfen?«, fragte er scherzend. Aber Andrea war nicht zum Scherzen zumute.

»Hast du kurz Zeit? Ich muss dich dringend was fragen«, lenkte Andrea direkt auf das Thema.

»Du siehst doch, ich bin gerade sehr beschäftigt. Martina ist zum Servieren ausgefallen. Ist gerade echt schlecht … Aber wo brennt's denn?«, schob er noch nach, mit beiden Händen an der Espressomaschine hantierend. Hastig sputete er an ihr vorbei, um die zwei am Fenstertisch zu bedienen. Dort saßen zwei Herren in dunklen Anzügen, weißen

Hemden und eintönigen Krawatten. Der eine trug eine Sonnenbrille und sein Haar war mit viel Gel streng nach hinten frisiert. »Welch eigenartige Erscheinungen«, dachte sie, als Olger bereits wieder an ihr vorbeieilte.

»Du siehst, leider keine Chance für ein Gespräch!«

»Ich muss mit dir über den Alten reden«, brach es aus Andrea hervor. Olger stockte. Sein Gesichtsausdruck verfinsterte sich augenblicklich.

»Dazu ist momentan der denkbar ungünstigste Augenblick. Hilf mir lieber servieren!«

»Was? Wie bitte?«

»Hilf mir servieren«, zischte Olger nochmals und drückte Andrea das Tablett in die Hand. Es blieb ihr keine andere Wahl, als Olgers Anweisung zu befolgen. Ihre Erfahrung aus dem Krankenhaus ließ sie wenigstens nicht wie eine Anfängerin aussehen.

»Na, Olger, haste doch noch ne Mieze gefunden? Nicht mal von schlechten Eltern ...«, grölte einer der beiden und klatschte sich mit seinen fleischigen Händen auf die Oberschenkel.

Das Black Café war beinahe voll. Andrea fragte sich, woher all die Gäste kamen, denn so zentral war die Lage nicht. Nur ein älteres Touristenpaar hatte sich ins Café verirrt. Die anderen präsentierten den Durchschnitt der Berliner Unterschicht. Eher einfache, anspruchslose und sorgengeplagte Menschen. Nur die beiden Typen in ihren dunklen Anzügen setzten einen Kontrapunkt. Andrea steuerte auf die beiden zu, um deren leere Kaffeetassen abzuräumen.

»Dankeschön«, bedankten sich die Herren und bestellten zwei weitere schwarze Kaffee mit Zucker. Den Zusatz »subito« überhörte Andrea einfach. Als sie zur Theke zurücklief, rief der eine ihr hinterher: »Ey, und noch zwei Rémy Martin, Schätzchen!« Der Widerwille kochte in ihr hoch, aber sie ließ sich nichts anmerken. Ihr Interesse änderte sich schlagartig, als sie mitbekam, dass die beiden über den Alten sprachen. Jetzt wurde sie hellhörig.

Fragend warf sie Olger einen Blick zu. Der verzog seine Miene nur zu einem bestätigenden Nicken, stellte ihr zwei Kaffee und ein Mineralwasser hin und zeigte auf einen Tisch auf dem Gehweg. Extra langsam ging sie an den beiden vorbei in Richtung Ausgang, darauf hoffend, noch einige Gesprächsfetzen aufschnappen zu können.

Was sie hörte, war noch schockierender als erwartet: »... Lektion bekommen ... erledigt«, konnte sie als einzelne Gesprächsfetzen vernehmen. Mit zitternden Händen servierte sie die beiden Kaffee auf dem Gehweg und stellte sie den Gästen auf den Tisch.

Da meldete sich ein älterer, rundlicher Herr vom Tisch vis-à-vis ärgerlich: »Hallo, wir sind schon länger hier! Ich denke, es geht auch in Berlin der Reihe nach!« Verstört nahm Andrea die beiden Kaffee und brachte sie zum anderen Tisch. Statt eines Dankeschöns hörte sie nur noch »Wohl Anfängerin, das glaub ich nicht ...«.

Auf der Theke standen die beiden schwarzen Kaffee mit Zucker und Cognacs bereit zum Servieren. Sie atmete tief ein, stellte alles auf ihr Tablett und steuerte auf den Tisch der unangenehmen Typen zu. Doch dieser war leer. Sie schaute ein zweites Mal, doch der Tisch blieb leer. Die beiden Typen waren verschwunden. Verwundert schaute sie zur Theke zurück. Wo war Olger? In diesem Moment öffnete sich die Hintertür und Olger trat, die Hände reibend, an seinen angestammten Platz hinter der Theke zurück.

Sein Blick auf die stehengebliebenen Cognacs löste kein Erstaunen, sondern eher Verärgerung aus. Sorgsam kippte er diese in die Flasche zurück und murmelte etwas wie »Unverschämtheit, diese Bande«.

Das war der Moment für Andrea, Olger an ihren Gesprächswunsch zu erinnern. Aber Olger war verärgert. Die zwei schwarzen Kaffee musste er aus der Spendenkasse begleichen.

»In einer halben Stunde werde ich abgelöst, dann habe ich Zeit«, erklärte er ihr.

Statt herumzustehen, beschloss Andrea, Olger während dieser halben Stunde zu helfen. Verwundert nahm sie zur Kenntnis, wie raffiniert und gewandt Olger hinter der Theke werkte und geduldig und freundlich jeden Servicewunsch erledigte. Ebenso erstaunt war sie, dass Olger fast jeden Gast mit Vornamen kannte, obwohl es sich um eine große Stammkundschaft handeln musste. So langsam wurde ihr klar, woher Olger all seine Informationen hatte.

Glücklicherweise traf seine Ablöse ohne Verspätung ein. Das Team war eingespielt und die Kasse rasch übergeben.

38

ANDREA

Wenige Minuten später standen beide auf der Straße.

»Lass uns ins Muback gehen«, schlug Andrea vor und steuerte bereits auf die andere Straßenseite.

»Ich habe nur eine Frage und die Zeit drängt ...«, ergänzte sie und zirkelte geschickt zwischen den Radfahrern hindurch.

»Und ich nur eine Antwort«, ergänzte Olger und folgte ihr.

Das Muback war ein großes Touristencafé in der Nähe der Straße Unter den Linden. Dort konnten sie in der großen, lärmigen Touristenmenge untertauchen, ohne dass ihnen jemand Beachtung schenkte oder dass sie zwielichtigen Berliner Gestalten begegneten. Olger besuchte das Muback nur für seltene Gelegenheiten. Aber heute spürte er, dass es der richtige Ort war. Er spürte auch, über was ihn Andrea ausfragen wollte.

»Wer ist der Alte?«, fragte Andrea, noch ehe sie richtig Platz genommen hatten.

»Wer ist der Alte?«, wiederholte Andrea etwas leiser, als ihnen zwei Tonic serviert wurden. Olger schaute sich um, räusperte sich, als ob ihm die Antwort schwerfallen würde.

»Woher kennst du den Alten?«, war seine Gegenfrage und hob eine Augenbraue.

»Du weißt schon, der Obdachlose, der gestern bei uns eingeliefert wurde, schwer verletzt, nicht mehr ansprechbar.«

Olger reagierte nicht verwundert. Er hatte bereits am frühen Morgen die Informationen erhalten, dass sich Enormes in der Szene ereignet hatte. Der Alte war dem runden Joe zu einflussreich geworden. Der runde Joe hatte wegen seiner Körperfülle diesen Spitznamen erhalten. Er war skrupellos und regierte knüppelhart über die Schlafplätze unter den Bögen. Wer nicht spurte, das heißt, wer nicht zahlte, wurde aus dem Quartier verjagt, vielfach auch mit Gewalt.

Seit der Alte sich mit diesem mysteriösen Wuschelkopf sehen ließ, sah der runde Joe sein Business in Gefahr. Wer war dieser Wuschelkopf?

»Der Alte«, begann Olger, »der Alte war einer einflussreichsten Obdachlosen in Berlin-Mitte. Er war die Anlaufstelle für viele Obdachlose. Er wusste Bescheid, wenn es mit Behörden, Polizei oder sonst im Revier Ärger gab. Er wusste immer Bescheid. Aber niemand wusste, woher er dieses Wissen hatte. Darum wurde lange Zeit vermutet, er sei ein Eingeschleuster der Polizei. Er wolle die Szene unterwandern und ihnen Informationen liefern. Darum wurde er von den Quartierbossen als echte Bedrohung gesehen.«

Olger nahm einen Schluck von seinem Tonic. Seit Jahren war er im Black Café angestellt. Und so wurde er zum Dreh- und Angelpunkt der Quartierinformationen. Und nicht nur der erwünschten. Er litt darunter, dass er für alle immer ein offenes Ohr hatte. Er fühlte sich wegen seines Wissens zunehmend einer Gefahr ausgesetzt.

Er schaute sich vorsichtig um. Doch das bunte Treiben im Muback, das Kommen und Gehen der Touristen ließen ihre Anwesenheit völlig untergehen. Andrea schaute ihn ungläubig an.

»Und?«, fragte Andrea nur. Ihr öffnete sich gerade eine Welt, die ihr in den langen Jahren in Berlin bisher unbekannt geblieben war.

Olger fuhr fort. »Als gestern Abend der Alte im Bogenquartier angekommen war, nutzte der runde Joe die Möglichkeit für seine Abrechnung. Dass der Alte in Begleitung des Wuschelkopfs eintraf, war nicht vorgesehen, aber auch nicht unwillkommen.«

Olger schwieg. Was konnte er dafür, dass seine Gutmütigkeit, sein offenes Ohr und seine Großzügigkeit all den schrägen Typen als Anlaufstelle diente? Er fühlte sich ausgeliefert und ausgesprochen unwohl. Den Kopf in beide Hände gestützt, als wolle er mit der Tischplatte reden, murmelte er, »... der kleine Dicke vorhin im Black Café war der runde Joe ...«.

Andrea blickte ihn verwundert an und fragte staunend: »Das war also der runde Joe? ... Und du glaubst, dass der runde Joe den Alten beseitigen wollte?« Stille.

»Das habe ich nicht gesagt«, entgegnete Olger. »Das Dumme ist nur, dass niemand etwas beweisen kann ... oder will.« Olger schwieg und verfluchte einmal mehr, dass er über diese Informationen verfügte. Wie sehr wünschte er sich einen Job irgendwo in Berlin, wo die Gäste einfach einen Kaffee genießen wollten und sich gegenseitig einen schönen Morgen und guten Tag wünschten.

Im Black Café war er keinen Tag sicher, ob ihm eines Tages sein Wissen nicht zum Nachteil werden würde. Er schwieg. Der Rest, dass der Wuschelkopf als Einziger am Tatort anwesend war und somit zum Zeugen und gleichzeitig Verdächtigen wurde, war beiden klar. Und dass bei diesem Sachverhalt die Polizei nicht lange mit einer Festnahme und Verurteilung zögerte, war ebenso klar.

In diesem Moment konnte Andrea nicht auseinanderhalten, ob ihr Verstand, ihr Gefühl oder ihr Herz dominierten. Sie musste den Wuschelkopf finden.

39

ANDREA

Ohne anzuklopfen stürmte Andrea bei Uwe Reinacher ins Büro.

»Hallo, wo brennt's?« Erstaunt schaute Uwe von seinem Bildschirm auf.

»Du bist doch gar nicht im Dienst! Willst du dich krankmelden? Oder ist es wieder einmal dein Herz, das spukt?«

Er kannte Andrea schon seit langer Zeit und die beiden pflegten ein gutes Zusammenarbeiten. Da gehörten gewisse Neckereien und Sprüche dazu. Das entspannte den Alltag und lockerte die vielen Stresssituationen auf. Direkt geschäftlich hatten sie wenig miteinander zu tun. Doch Andrea hatte keine Zeit für solche Neckereien und fiel geradezu mit der Tür ins Haus.

»Wer hat die Operation des lumpigen Obdachlosen bezahlt?«, fragte sie direkt ohne Umschweife. Das hatte Uwe nicht erwartet.

»Wie bitte?«, fragte er zur Sicherheit nochmals nach. Andrea ließ nicht locker. Wort für Wort betonend, wiederholte sie die Frage: »Wer ... hat ... die ... Operation ... des ... eingelieferten ... Obdachlosen ... vorgeschossen?«

»Hast du nun in die Revisionsabteilung gewechselt?«, fragte er zurück und schob sogleich nach: »Du weißt schon, dass dies dem Datenschutz unterliegt. Ich darf es dir nicht sagen.«

Das hatte Andrea erwartet. Aber wenigstens wusste sie nun, dass Uwe es wusste. Aber was tun, wie konnte sie ihn zur Bekanntgabe bewegen? Die ganze Geschichte erzählen, wäre zu unglaubwürdig, als dass sie damit Erfolg haben würde. Sie versuchte es mit flehendem Betteln: »Bitte, es ist wirklich wichtig!«

Uwe entgegnete: »Das ganze Krankenhaus rätselt über die mysteriöse Zahlung. Wenn ich das bekanntgebe, bin ich meinen Job los.«

Entmutigend legte Andrea ihren Kopf zwischen die beiden Arme auf die Theke. Aus, Ende. Sie machte kehrt und hatte ihre Hand bereits am Türgriff, als Uwe ihr nachrief: »Andrea, Ehrenwort? ... Nur so viel: Die Zahlung kam aus der Schweiz ...« Er legte seinen Zeigefinger auf die Lippen und Andrea verstand.

40

CLAUDE

Claude konnte die Zeit nicht mehr einordnen. Ohne Uhr, ohne Tageslicht gab es für ihn in der kleinen Zelle kaum Anhaltspunkte, ob es Morgen oder Abend war. Nur die beiden Mahlzeiten zeigten ihm, dass der Tag irgendwie vorüberging. Und eines war er sich sicher. Bereits zu lange saß er hier mit der betrunkenen Gestalt, die sich immer noch nicht erholt hatte und keine verständlichen Worte äußern konnte. Aber was tun?

So legte er sich wieder auf sein quietschendes Feldbett. Fetzen aus seinem gestressten Leben, der Wunsch nach einer Auszeit, der Reiz eines Abenteuers, die Frage nach seinem Tun schwirrten ihm durch den Kopf.

Er drehte sich ein weiteres Mal auf seinem schmalen Bett herum, als der Schlüssel im Schloss zu hören war: Einmal, zweimal, es klang, als müssten mehrere Schlösser geöffnet werden. War er etwa in einer Schwerverbrecherzelle gelandet? Schließlich öffnete sich die Tür und ein großer Beamter in Uniform stand im Rahmen. Ein Berg von einem Mann, der jegliche Fluchtgedanken sofort im Keim ersticken ließ.

Claudes Hände wurden in Handschellen gelegt und baumelten jetzt vor seinem Bauch. Ein erniedrigenderes Gefühl hatte er noch nie erlebt. Nie hatte er sich etwas dabei gedacht, wenn er im Fernsehen sah, wie Menschen in Handschellen aus dem Gerichtsgebäude geführt wurden. Welche Schmach da jedes Mal mitlief, konnte er erst jetzt erahnen. Wozu die Handschellen? Er wollte ja gar nicht fliehen. Aber klar, er wollte hier raus.

Doch schon die Situation, dass er aus der Zelle geführt wurde, schien ihm wie ein kleiner Hoffnungsschimmer. Vielleicht konnte er seine wahre Identität erklären, sein Leben als Bettler begründen und sein Verhältnis zum Alten klären. Doch ohne Papiere, ohne Telefon, ohne Bezugsperson hier in Berlin schien ihm das schwierig.

Langsam trottete er durch lange, dunkle Gänge, vorbei an verriegelten, grünen Stahltüren und dann zwei Treppen hinauf. Sein Bewacher verzog keine Miene, als er versuchte, ihm eine Frage zu stellen. Als ob er taub wäre, führte er ihn in ein dunkles Zimmer. Ein kleiner Holztisch stand in der Mitte und ein kleines Fenster und eine schwache Glühbirne erhellten den Raum. Genauso, wie er die Verhörzimmer aus den Krimis im Fernsehen kannte. Doch das war ihm im Moment gleichgültig. Wenn er nur die Gelegenheit erhielt, seine Geschichte zu erzählen.

Mit rasselndem Schlüsselbund verschloss der Beamte die Tür hinter ihm. Hier saß er nun, wieder alleine mit sich.

Mein Gott, dachte er. Wussten die Leute, was Freiheit bedeutete? Gehen, machen und tun, was man wollte. Ohne Geld, ohne Absicht, ohne Einschränkung. Während er so sinnierte, hörte er, wie das Schloss wieder entriegelt wurde und staunte nicht schlecht: Hinter dem massigen Beamten betrat eine mitteljunge, aufgeweckte Dame den Raum. Sie schien ebenso erstaunt wie er. Irgendwie kam ihm dieses Gesicht bekannt vor. Er glaubte zu träumen. Ist es ein Engel? Ist es ein Traum? Bin ich noch hier auf dieser Welt?

Sie setzte sich vis-à-vis an den Tisch. Auch sie war sprachlos. Wo beginnen? Wo waren die Sätze, die sie sich sorgfältig zurechtgelegt hatte? Im Moment musterte sie ihn einfach. Auch wenn sie ihn nur ganz kurz auf der Straße in seiner Schlafecke getroffen hatte, wusste sie, dass er es war.

Auch dem Beamten fiel die Stille auf. Er rasselte diskret mit dem Schlüsselbund. Eine halbe Stunde war für das Gespräch bewilligt worden. Also mussten sich die beiden jetzt langsam miteinander unterhalten.

Als erste fasste sich Andrea: »Sag mir, wer du bist, Wuschelkopf, bitte sag es mir!«, forderte sie ihn auf.

Claude war völlig durcheinander. Was wusste sie über ihn? Kannte sie ihn? Wollte sie ihm helfen oder ihn verurteilen? Doch ihre Augen leuchteten so stark und befreiend, dass sein Misstrauen schwand.

»Ich muss es wissen, Wuschelkopf, ... nur so hast du eine Chance, hier rauszukommen«, wiederholte Andrea.

Jetzt wurde Claude klar, woher er dieses Gesicht kannte. Es war der Engel mit dem heißen Kaffee ... und die Schwester in der Notaufnahme! Das war ein Zeichen, ihr zu vertrauen. Und er spürte, dass er nicht enttäuscht werden würde. So erzählte er ihr seine Geschichte. Von seinem Leben in der Schweiz, von der Erfahrung als Bettler, die er in seinem Leben machen wollte, vom Alten, seinem Lehrmeister, vom Revierkampf unter der Brücke. Während er so erzählte, sah er, dass bei seiner Besucherin die Augen feucht wurden.

Der Beamte zeigte auf die Uhr. Noch fünf Minuten. Andrea war schockiert, gerührt und angetan von seiner Geschichte. So einem Menschen war sie noch nie begegnet. Ihr Herz hatte ihr gesagt, dass hinter dieser Bettlerfassade mehr steckte, als zu sehen war. »Halte durch ... alles wird gut!«, war das Letzte, was sie ihm noch zurufen konnte.

Eine halbe Stunde später saß Claude wieder auf seiner Pritsche. War es ein Traum oder war es Wirklichkeit? Claude wusste es nicht. Er spürt nur, wie sein Herz aufgeregt klopfte.

41

CLAUDE

Erstaunt blickte Claude auf, als die massive Zellentür erneut mit viel Geschepper geöffnet wurde. Vermutlich wurde nun die zerlumpte Gestalt verhört. Doch diese hatte noch nicht einmal die Situation wahrgenommen.

»Claude Kissling«, murmelte der Beamte und rasselte mit dem Schlüsselbund, »bitte mitkommen.«

Claude glaubte, nicht recht zu hören, als er mit seinem Vor- und Nachnamen aufgefordert wurde, mitzukommen. Was nun? War das der Weg in die Freiheit? Oder war es der Weg zu einer weiteren erniedrigenden Befragung? Er wusste es nicht.

Der lange Weg, auf dem er hinter dem Beamten her trottete, war derselbe wie beim letzten Mal. Die langen Räume mit den Stahltüren, die Verriegelungen und die vergitterten Fenster hatten sich in sein Gedächtnis eingeprägt.

Erst jetzt fiel ihm auf, dass er diesmal ohne Handschellen durch die Gänge geführt wurde. Plötzlich stand er in einem Raum, der aussah, wie eine Garderobe. In langen Regalen standen viele Kästchen, alle verschlossen und sorgfältig mit Namen beschriftet. »Claude Kissling?«, fragte der Beamte, der aufgeplustert wie ein kleiner König hinter der Theke stand.

»Ja«, antwortete Claude. Selten hatte er den Klang seines Namens so geliebt.

»Bitte hier unterschreiben, hier unten«, sagte der Beamte und schob ihm ein Papier in einer Art entgegen, als wäre er selbst für dessen Inhalt zuständig. Claude las nur den Titel: »Entlassungsbestätigung«.

Der Rest war ihm gleichgültig. Er packte seine Siebensachen, die ihm der Beamte über die Theke schob. Doch wohin? Der Beamte merkte seine Unentschlossenheit und wies ihn durch die schwere Stahltür, als müsste er ihn eigenhändig in seine Freiheit bugsieren. Claude glaubte zu träumen und blieb auf der obersten Stufe einer breiten, geschwungenen Treppe stehen. Hinter ihm drehte sich der Schlüssel im Schloss. Er war frei.

So tief hatte er wohl kaum einmal in seinem Leben eingeatmet. Er merkte fast nicht, wie er, zerzaust, mit Bart und abgewetzten, schmutzigen Kleidern, von einigen Touristen wie eine Sehenswürdigkeit bestaunt wurde.

Er wurde erst aus seinen Träumen gerissen, als jemand seinen Namen rief: »Claude, Claude …« Nie klang sein Name lieblicher, als er plötzlich den Engel erkannte, der ihn im Gefängnis besucht hatte. Mit einem bunten fröhlichen

Wiesenstrauß stand sie am Fuß der Treppe und lächelte ihm entgegen.

Mit wackeligen Schritten stieg er die Treppe hinunter und nahm den Engel in den Arm. Nichts freute Andrea mehr, als sie spürte, wie heftig sein Herz schlug. Sie wussten nicht, wie lange sie vor der Polizeistation standen und sich von Passanten begaffen ließen. Aber es war ihnen egal.

»Und jetzt?«, fragte Andrea, die nicht so recht wusste, wie es nun weitergehen sollte. Doch Claude sagte nur: »Zurück in mein altes Leben!« Da nahm Andrea den Wuschelkopf an der Hand und sie steuerten gemeinsam auf die U-Bahn-Station zu.

42

FRANK

Wenige Stunden nach dem ersten Kontakt betrat Frank die Wohnung einer fremden Frau. Das stand so nicht auf der Checkliste. Es waren seine Gefühle, von denen er sich steuern ließ. Er spürte eine Vertrautheit mit Janie, als würde er sie seit Jahren kennen.

Die U-Bahn hatte sie aus der Stadtmitte in ein Außenquartier gebracht. Noch immer prägten hohe Wohnhäuser das Straßenbild. Gepflegte und sanierungsbedürftige Gebäude standen dicht an dicht. Auf dem Gehweg wuchsen Lindenbäume aus kargen, trockenen Erdlöchern und gaben der Straße eine wohnliche Anmutung. Aber auch hier war der Puls der Großstadt zu spüren. Jeder Parkplatz war besetzt, der Gehweg war mit Fahrrädern und Tischen der kleinen Bistros verstellt und in den Einfahrten zu den Hinterhöfen spielten Kinder.

Als Janie an der Schwarzkopfstraße die Wohnungstür aufschloss, bemerkte Frank, dass das Türschild nicht auf ihren Namen lautete. »Andrea Becker« stand da geschrieben. Was hatte Janie vor?

»Wohnst du hier?«, fragte Frank ungläubig. »Wer ist Andrea?«

»Sei nicht so neugierig«, antwortete Janie und zwinkerte ihm zu. Frank schaute sich um: Ein schmaler Gang führte an zwei Türen vorbei ins Wohnzimmer. Die kleine Wohnung strahlte Wärme aus. Sie war zwar einfach, aber sehr geschmackvoll und gemütlich eingerichtet. Viele kleine Bildchen, Pflanzen und Erinnerungsgegenstände zierten die Wände und Nischen.

Franks Gefühle waren zwiegespalten. Wohin führte ihn das Leben gerade? Aber Janie wirkte so selbstsicher und befreit. Mit Schwung stellte sie zwei Gläser auf den Tisch.

»Zwei Schweizer in Berlin, das wollen wir feiern«, sagte sie fröhlich und schenkte Weißwein der preiswerteren Sorte ein. Aber immerhin. Preiswerter Wein bei guter Laune ist allemal besser als teurer Wein in schlechter Atmosphäre.

Janies Neugier war noch nicht gestillt, wie sie Frank beim Anstoßen eröffnete. Sie wollte mehr von ihm wissen.

»Erzähl mir Genaueres über deine Checklisten. Hast du ein Leben zum Abhaken? Funktioniert das so einfach bei euch Männern?«, ließ sie nicht locker und lachte auf erfrischende Art. Der kühle Weißwein zeigte seine Wirkung.

»Da sind wir Frauen doch komplizierter«, meinte sie und seufzte tief, »aber, vielleicht machen wir es uns auch selbst kompliziert.« Dazu sagte Frank nur ein Wort: »Louis?«

Sie stützte den Kopf in beide Hände und meinte ernüchternd: »Auch er«, und schwieg.

Frank vermied es, sie aufzufordern, etwas über ihre Partnerschaft zu erzählen. Er wusste, dass irgendwann die Gegenfrage nach seiner partnerschaftlichen Situation kommen würde. Aber er war noch nicht dazu bereit, sie in seine private Situation einzuweihen.

Aber das Gespräch nahm eine andere Wende. Sie füllte die Gläser nach und fragte dann ziemlich direkt: »Frank, was musst du noch abhaken?«

Frank war ziemlich überrascht, dass seine Checkliste wieder zur Sprache kam. Eigentlich hatte er sich von diesem Thema bereits gelöst, aber offenbar war Janie fasziniert von seiner Art, Probleme zu lösen. Sie hörte ihm aufmerksam zu, als er ihr über seinen Checklisten-Wahn berichtete.

Mitten im Erzählen machte Frank eine Pause und schaute aus dem Fenster. Der Sonnenschein auf der Häuserfront vis-à-vis veränderte seine Farbe langsam in goldgelbes Abendlicht. Die Häuser waren sich so nah, dass man den Nachbarn beinahe die Hand geben konnte. Doch es schien niemanden zu interessieren, was der Nachbar nebenan so trieb. Leben und leben lassen. Alle waren sich gleich, hatten ähnliche Sorgen, aber schienen auf ihre Art glücklich. So wie der alte Mann nebenan, der seit einer Stunde auf seinem kleinen Balkon lag und sich von der Sonne bescheinen ließ. Neben dem alten Liegestuhl stand eine Flasche Bier. Wo seine Gedanken wohl waren? Als es zu schattig wurde, packte er den

Liegestuhl und die Bierflasche zusammen und winkte fröhlich herüber, bevor er in seine Wohnung ging.

Frank schaute immer noch aus dem Fenster, als ihn eine Hand antippte. Es fühlte sich an, wie ein zärtliches Streicheln seines Unterarms.

»Hallo, Fraaank ... wo bist du gerade mit deinen Gedanken?«, fragte ihn Janie mit einem liebevollen Lächeln. »Was musst du in deinem Leben noch abhaken?« Nach einigem Zögern sagte Frank schmunzelnd: »Ich habe die Checkliste weggeworfen. Ein Leben nach Checkliste ist einengend, fordernd und kindisch. Schluss damit!«

Janie machte große Augen. Das Vorgehen nach Checkliste hatte sie fasziniert und jetzt war sie doch ein wenig überrascht.

»Was? Aber warum denn? Das gibt doch Sicherheit. Du kannst doch die Punkte als abgeschlossen betrachten. Wenn ich Louis abhaken und vergessen könnte, wäre mir bestimmt leichter.«

Sie schaute ihm in die Augen. Ihr Gesicht strahlte Zufriedenheit, Glück, Unsicherheit und Aufbruchsstimmung in einem aus. Eine Mischung, die ihn beeindruckte. Dass ihn ein Mensch nach zwei, drei Stunden so vereinnahmen würde, war Frank fremd. Und dass die Zuneigung gegenseitig war, war außergewöhnlich. War das Liebe auf den ersten Blick?

Während beide so vor sich hinträumten, hörten sie den Schlüssel im Schloss. Stille. Dann klingelte es an der Tür, während sich die Tür gleichzeitig öffnete und eine Stimme rief: »Janie, hallo, Janie, bist du da?«

Frank schreckte aus seinen Träumen auf und blickte Janie an, die zur Tür eilte. Bevor sie um die Ecke verschwand, warf sie ihm noch einen Blick zu, zwinkerte mit einem Auge und hielt den Zeigefinger vor die Lippen.

Einen Moment war es still. Dann hörte Frank ein fragendes und ungläubiges »Andrea! ... Andrea, was ist passiert? ... Andrea, wen bringst du denn da mit? ... Das glaub ich nicht ... Komm herein in deine Wohnung!« Jetzt spürte Frank, wie sich Andrea und Janie umarmten. Er hörte ein intensives Schluchzen, aber es klang mehr befreiend als besorgt. Es dauerte einen Moment, bis die Emotionen der Begrüßung abgeklungen waren.

Mit noch immer erregter Stimme hörte er Andrea sagen: »Janie, das ist Claude, der Wuschelkopf, von dem ich dir erzählt habe«.

Den Geräuschen konnte Frank entnehmen, dass da noch jemand vor der Tür stand. Taschen wurden abgestellt, Schlüssel rasselten am Schlüsselbrett, wieder eine Umarmung und dann ertönten Schritte in Richtung Wohnzimmer. Mit errötetem Gesicht und in Straßenschuhen trat Andrea ins Wohnzimmer. Sie staunte nicht schlecht, als sie einen fremden Gast auf dem Sofa sitzen sah. Sie drehte sich zu Janie um.

»Hey, Janie, habe ich etwas verpasst? Wer ist das?« Sie fragte, obwohl sie ahnte, wer der Typ war. Frank stand auf und wollte sich vorstellen, aber Janie sprang dazwischen. Dabei hüpfte sie von einem Bein aufs andere und klatschte wie ein kleines Kind beide Hände zusammen und schlug sie vor ihr Gesicht.

»Andrea, das ist 25E!« und wiederholte »... das ist 25E!«, als ob Andrea kein Deutsch verstehen würde. »Unsere Wege haben sich auf dem Gendarmenmarkt gekreuzt!«

Das war natürlich nur die halbe Wahrheit. Auch Andrea wusste, dass Janie dieses Treffen mit kleinen und größeren Hinweisen arrangiert hatte. Das war Janie aber egal. Erwartungsfroh schaute sie Andrea an und hoffte, mindestens ein zustimmendes Augenzwinkern zu erhalten.

Andrea war baff. Sie wusste nicht, ob sie an einem Tag so viele Emotionen verkraften konnte. Sie streckte Frank zur Begrüßung beide Hände hin und er spürte, wie sie zitterten.

Der Wuschelkopf stand noch immer verloren im Eingang, so groß war die Überraschung. Es brauchte einige Zeit, bis sich alle etwas beruhigten und die verrückte Situation fassen konnten. Claude war einfach froh, nicht mehr auf der Straße zu sein, Andrea konnte die Ereignisse des Tages kaum auf die Reihe bringen, Janies Herz jubelte und schlug übermütig und Franks Gefühle spielten Achterbahn.

43

ANDREA CLAUDE FRANK JANIE

Es dauerte eine Weile, aber als Claude endlich aus der Dusche kam, sah er wie verwandelt aus: Der stoppelige Bart war weg, offenbar hatte er in dem Frauenhaushalt Rasierklingen gefunden. Die nassen, grauen Locken hatte er ordentlich in eine Richtung frisiert. Passende Hosen und ein T-Shirt hatte er in Andreas Rot-Kreuz-Sack gefunden. Nur raus aus den stinkenden Klamotten. Nur raus aus dem Bettler-Alltag. Er wollte einfach die letzten Tage hinter sich lassen.

Vier erwachsene Personen, das hatte die kleine Wohnung schon lange nicht mehr erlebt. Schnell wurden beim Nachbarn noch zwei Stühle organisiert, um allen einen Platz am hölzernen Esstisch zu verschaffen. Andrea kreierte aus dem Nichts eine Fusilli-Pfanne und schon saßen alle um den Tisch. Das Essen schmeckte, aber das Gespräch stockte etwas. Noch wurden die Worte wie von einer Staumauer zurückgehalten. Alle warteten auf die Geschichten der anderen.

Andrea blickte zu Janie und versuchte die Stille zu brechen.

»Hast du keinen Hunger, Janie? Hat dir der Tag den Appetit verdorben?«, fragte Andrea und suchte den Blickkontakt mit Janie. Mit einer kleinen, fast unsichtbaren Kopfbewegung in Richtung Frank unterstrich sie den Kern der Frage.

»Mmmh, sagen wir mal so, in meinem Magen dominieren gerade andere Gefühle, da ist für Fusilli nicht viel Platz ...«, meinte sie zweideutig und schob den noch halbvollen Teller etwas beiseite. Sie hatte nur Augen für Frank und Frank genoss ihre Aufmerksamkeit. Sie hatten den Draht zueinander gefunden.

Claude saß vor dem leeren Teller und wusste immer noch nicht, wie ihm geschah. Eben noch in einer dunklen Zelle eingesperrt und jetzt in Freiheit. Er war erschöpft. Andrea saß ihm gegenüber und streckte ihm quer über den Tisch ihre Hand entgegen. Claude ergriff sie sofort und umschloss sie mit beiden Händen. Ihre Augen leuchteten. Obwohl sie nicht wusste, wer Claude wirklich war, erkannte sie, dass da eine besondere Verbindung zu diesem Menschen war. Der Abend würde es zeigen, da war sie sich sicher.

Allmählich kam das Gespräch in Gang. Auch der Wein trug das Seine dazu bei. Frank offenbarte seine Erkenntnisse der Berliner Auszeit und Janie plauderte über die wunderliche Swiss-Story.

Nur Claude scheute sich, seine Geschichte preiszugeben. Es war ihm peinlich, seine wahren Gründe und sein wahres Ich hier auszubreiten.

»Aber warum führst du ein Doppelleben und treibst dich in den Straßen von Berlin herum?«, wollte Janie von ihm wissen. Andrea winkte ab.

»Gib ihm doch Zeit, wir machen hier doch kein Verhör«, stoppte sie Andrea. Janie ließ nicht locker und hatte bereits ihr iPhone herausgezogen und googelte nach dem Namen »Claude Kissling«. 223 Einträge wurden angezeigt. Janie schaltete auf den Bilder-Modus um. Bereits auf der zweiten Seite tauchten Fotos eines Mannes auf, der Claude sein musste. Sie verlinkte sich auf die Webseite und verstummte, als die Informationen über seine Person ihr entgegensprangen: Claude Kissling, Inhaber, Import-Export von Bekleidungsartikeln. Führung einer Ladenkette, Organisation von Modeschauen und Bekleidungsevents. Rasch klickte sie die Seite weg und legte das iPhone beiseite. Da saß ihr ein Kunde gegenüber, getarnt als Bettler.

»Lass sie nur«, meinte Claude beschwichtigend. »Ist ja auch eine verrückte Story ...« Er machte eine Pause. »Ich wollte einfach mal ein paar Tage als Bettler erleben. Unerkannt, friedlich, einfach, betteln, Gitarre spielen, neue Erfahrungen sammeln und das eigene Leben einmal aus einem neuen Blickwinkel betrachten. Dass ich schon nach kurzer Zeit in die harte Realität der Bettlerszene abrutschen würde, war so weder geplant noch vorhersehbar. Ich war einfach naiv. Natürlich hatte ich nicht erwartet, mit offenen

Armen empfangen zu werden. Ich war schlicht Konkurrenz, und damit unerwünscht«.

Und so erzählte er von seinen verrückten Erlebnissen auf der Polizeiwache, der Nachtlagersuche, dem Bärtigen, von der Idee mit dem Lehrmeister, vom Alten, von dem verhängnisvollen Abend und der Rettung des Alten, von der Festnahme, von der Gefängniszelle und vom Engel, der ihm nun gegenübersaß. Das nächtliche Geschehen auf der Notfallstation im St. Joseph-Krankenhaus ließ er aus. Andrea bemerkte es nicht und Janie wusste aufgrund ihrer Recherche Bescheid.

Je später der Abend wurde, desto klarer wurde allen, dass sie alle aus mehr oder weniger den gleichen Beweggründen nach Berlin gereist waren. Und dass sie trotz unterschiedlichster Herkunft auf verschiedenen Wegen nach den gleichen Zielen strebten: Gelassenheit, Zufriedenheit und Achtsamkeit.

Mit dieser Erkenntnis wuchs ihre Verbundenheit. Keiner wusste, wohin sie ihre Bekanntschaften führen würden. Sie genossen einfach den Augenblick.

44

FRANK

Als Frank spät am Abend in sein Hotelzimmer kam, blinkte ihm der Eingang von E-Mails auf seinem Laptop entgegen. Die Ereignisse des Tages und das Wechselbad seiner Gefühle hatten ihn mitgenommen und er wollte die E-Mails einfach ignorieren. Er lag schon im Bett, als der Posteingang seines Laptops erneut erklang. Wenn er jetzt aufstand, würde ihm entweder ein billiges Rasenmäher-Angebot offeriert werden oder es handelte sich um eine wichtige Nachricht, die zu jeder Tages- und Nachtzeit den Empfänger erreichen sollte. Und eine solche wollte er nicht verpassen. Also stand er auf und holte seinen Laptop ins Bett.

21:05 Uhr
pirmin.deville
> frank.egger

Betreff: Warum ich?

Hallo Frank,
ich erwarte immer noch eine Antwort von dir! Also!
Pirmin

23:28 Uhr
frank.egger
> pirmin.deville

Hi Pirmin,
ich nehme nicht an, du erwartest Applaus von mir. Irgendein Gefühl lässt mich zögern. Wir sprechen ja nicht von Kartoffelsäcken, wir sprechen von Menschen. Vielleicht ist dir nicht ganz bewusst, dass du mich als Freund nach vielen Jahren mit Tatsachen von größter Tragweite überrumpelst. Und dass du in all den Jahren an unseren IQ4-Abenden mit versteckten Karten gespielt hast. Das Einzige was mich erstaunt, ist, wie du in all den Jahren dieses doppelgleisige Spiel inszeniert und durchgehalten hast. Nein, ich glaub es immer noch nicht …
Und jetzt, was erwartest du genau von mir?

••

23:46 Uhr
pirmin.deville
> frank.egger

Frank,
tatsächlich, die Situation ist etwas kompliziert.
Florence weiß natürlich, dass ich wie ein Fisch an ihrer Angel zapple. Irgendeine falsche Bemerkung oder ein gezielter Hinweis von ihr hätte mein Leben in pures Chaos gestürzt. Job, Karriere, Familie und Ansehen wären dahin gewesen.
Das ist auch der Grund, weshalb ich Florence und Alina monatlich mit großzügigen Beträgen unterstütze. Was ich von dir erwarte? Ich werde dir die Vollmacht über ein Konto übertragen, damit du als Person im Hintergrund die Zahlungen an Florence und Aline weiterhin auslöst. Und an Alines 16. Geburtstag ist die Verpflichtung vorbei. Das ist mit Florence so abgemacht.
N. B.: Deine Hilfe muss auch nicht unentgeltlich sein …

••

00:02 Uhr
frank.egger
> pirmin.deville

Mein lieber Freund,
deine Ideen und Lebenseinstellung überraschen mich

immer mehr. Du willst, dass ich deine ganze Lebenslüge übernehme und als Mitwisser weiterführe ...

••••••••••••••••••••••••••••••••••••

00:12 Uhr
pirmin.deville
> frank.egger

Hi Frank,
nun sei doch nicht so spießig. Du darfst das Ministrantengewand ablegen.
Du bist einfach mein Anwalt, der meiner zweiten Familie beisteht und ihr ein angenehmes Leben ermöglicht. Das ist doch wahrhaft eine ehrenwerte Absicht! Es schmerzt genug, das Leben von Aline zu verpassen.
Also, gib mir endlich deine Zusage.

••••••••••••••••••••••••••••••••••••

00:22 Uhr
frank.egger
> pirmin.deville

Hi Pirmin,
ich habe dir mein Versprechen gegeben, das zählt.
Aber lass mich etwas erklären.
Weißt du, warum ich in Berlin bin? Nach jahrelangem Hin und Her habe ich mich, nicht zuletzt wegen deiner

Diagnose, zu einer Auszeit in Berlin durchgerungen. Alles was mich jahrelang gesteuert, belastet und frustriert hatte, wollte ich endlich loswerden. Ich kam kaum zur Ruhe im Rennen nach Leistung, Anerkennung, Geld und nochmals Leistung ...
In sieben Tagen zu einem neuen Frank, das war mein Ziel! Während dieser Tage bin ich mit meiner Checkliste durch Berlin gerast, um den größten zählbaren Nutzen aus dieser Zeit zu ziehen, den Kreativspeicher aufzuladen, meine Zukunft zu organisieren und meine störenden Eigenschaften umzupolen.
Obwohl mein Kopfdenken immer fordernder wurde, konnte es Begegnungen mit dem wahren Leben hier nicht verhindern. Zum Beispiel erlebte ich einen jungen, fleißigen und bescheidenen Mann, der sein Geburtstagsessen im Restaurant alleine essen musste, weil das Geld für seine ganze Familie nicht reichte. Und er sich so ein Spiel seiner Lieblingsmannschaft im Public Viewing anschauen konnte, weil er zu Hause keinen Fernseher hat. Seine Frau hatte das vom Haushaltsgeld abgespart und ihm geschenkt. Seine Frau hat ihm das geschenkt!!! Verstehst du? Und wenn dieser Mensch am Schluss noch meint, es gäbe hier in Berlin Tausende, die gerne mit ihm tauschen würden, dann fällt es mir wie Schuppen von den Augen. Verstehst du jetzt, was Leben und Liebe ist?
Ich habe meine Checkliste in die Ecke geworfen. Sie hilft mir vielleicht, gewisse Aufgaben zu lösen, aber

nicht mein Leben zu leben. Irgendwie habe ich auch erfahren, dass die wahren Werte nicht im Geld, in Anerkennung und Macht, sondern im Menschlichen liegen. Und das habe ich hier mehr als deutlich erkannt. Überlege es dir nochmal. Noch ist Zeit, einen wichtigen Schritt zu tun.
Herzlicher Gruß
Frank

....

00:32 Uhr
frank.egger
> pirmin.deville

Hallo Pirmin,
wo bleibt deine Reaktion?
Herzlicher Gruß
Frank

Eine Minute später erklang erneut der Posteingang auf Franks Laptop. Die E-Mail wurde an den Absender zurückgesandt mit dem Vermerk »Der Absender wurde vom Empfänger blockiert.«

45

FRANK

Berlin-Tegel. Janie war bereits gestern in die Schweiz zurückgeflogen. Der Abschied war schwer. Janie hatte Tränen in den Augen, sie war realistisch genug, sich keine großen Hoffnungen zu machen.

»Sehen wir uns wieder?«, fragte sie Frank trotzdem.

»Wenn du mir mein geklautes Adressenetikett zurückgibst, vielleicht, sonst weiß ich ja gar nicht, wo ich zu Hause bin …«, erwiderte Frank mit einem schelmischen Lächeln.

Frank saß schon lange vor dem Abflug auf dem Flughafen in einem Café. Um ihn herum emsiges Treiben.

Er nahm sich die Zeit, die Menschen zu beobachten und versuchte hinter deren Fassade zu blicken. Sind die laut Lachenden wirklich so fröhlich, wie sie scheinen? Und die sorgfältig Herumblickenden wirklich so achtsam? Und die verliebt Blickenden tatsächlich so glücklich? Und die forsch Vorwärtsstrebenden so selbstbewusst? Und die Wartenden so geduldig?

Frank war zufrieden. Er wusste, einen großen Schritt getan zu haben. Nun musste er seine Erfahrungen verinnerlichen und im Alltag anwenden. Er war zuversichtlich, auch wenn es nicht der erste Anlauf war. Aber dieses Mal fühlte es sich anders an, seine emotionalen Koordinaten neu gesteckt zu haben. Er vertraute ihnen. Darum ließ er sich auch nicht provozieren, als eine dicke Amerikanerin seinen Rollkoffer selbstherrlich und mit vorwurfsvollem Blick auf die Seite bugsierte, um für sich Platz zu schaffen. Gelebte Gelassenheit!

Nichts drängte ihn, beim Boarding der Erste sein zu wollen. Im Gegenteil, mit verschränkten Armen saß er vor dem Gate 24 und beobachtete das Gerangel und die Positionskämpfe der Passagiere.

Vor seinen Augen zogen die letzten fünf Tage wie in einem Film vorbei. Der Abflug, die Ratlosigkeit am ersten Tag, das Abarbeiten der Checkliste, die Ohnmacht gegenüber seinem Aktivismus, der Abend mit dem jungen Deutschen, der ihm die Augen geöffnet hatte, die Kapitulation vor der Checkliste, das Treffen und die zwei Tage mit Janie und schlussendlich das Zusammentreffen mit Claude.

In einer Stunde würde er in Zürich-Kloten landen. Zurück als neuer Frank im alten Leben.

Er freute sich, wieder zu Hause zu sein. Er freute sich auf den Montag, auf seine Aufgaben, seine Herausforderungen und auf sein Leben. Er freute sich, dass er den Alltag mit neuen Augen sehen und jeden Tag neu beginnen konnte. Er freute sich, dass er nach vielen zähen Jahren endlich einen Schritt in seiner Entwicklung machen konnte.

In Kloten regnete es. Die Tropfen peitschten bereits beim Landeanflug an die Fensterscheiben des Flugzeugs. Typisch Schweiz. »Was soll's«, dachte Frank gelassen, ärgern konnte es ihn nicht. Er nahm den Tag, wie er kam.

Kurz nach der Zollkontrolle zog er sein iPhone aus dem Rucksack, schaltete es wieder ein und bevor es eine Unzahl von WhatsApp-Nachrichten und SMS herunterladen konnte, klingelte es bereits. Schon wieder die unbekannte Nummer, die ihn bereits mehrmals suchte.

Das ist gerade eine gute Chance, mit dem neuen Denken den Anforderungen des Lebens zu begegnen. Also entschied sich Frank, den Anruf sofort anzunehmen.

»Hallo«, meldete er sich.

»Ja, hallo, ist Frank Egger am Telefon?«

»Ja, das bin, sogar höchstpersönlich, was wünschen Sie?«

Die Frauenstimme auf der Gegenseite stockte einen Moment, als sei sie von so viel Freundlichkeit überrascht.

»Hier ist Dr. Mosimann von der Klinik Rosenberg. Herr Egger, wir haben schon lange versucht, Sie zu erreichen. Ihre Check-up-Untersuchung von letzter Woche hat eine äußerst beunruhigende Diagnose ergeben. Könnten Sie bitte noch heute bei uns vorbeikommen?«

E-N-D-E